数据库设计与应用
——Visual FoxPro程序设计
实践教程（第2版）

孟雪梅　王煜国　主编
董大伟　翟朗　王艳敏　副主编

清华大学出版社
北京

内 容 简 介

本书是与《数据库设计与应用——Visual FoxPro 程序设计（第 2 版）》（颜辉等主编，清华大学出版社出版）配套的实践教材。全书共分三部分，第一部分是上机实验，共包括 18 个实验，实验内容涵盖了主教材的所有知识点，实验范例围绕着"图书管理系统"实例展开，循序渐进地演示了一个小型应用系统的开发过程；第二部分是同步练习，主要内容包括与主教材章节同步的具体习题，目的性明确、强化知识重点，与计算机等级考试密切相关；第三部分是 Visual FoxPro 二级考试笔试真题及上机模拟题。

本书在上机实验与习题设计上考虑了 Visual FoxPro 考试基础大纲的要求，结合教学重点、难点来安排实验内容，在每个实验的后面都安排了能力测试，使读者在理解实验范例的基础上，自己动手上机实践，以培养读者的动手能力。

本书面向应用，重视对读者操作能力的培养，不但可以作为各高等院校计算机专业和非计算机专业的实践教材，而且还可作为计算机等级考试的参考书。

图书在版编目（CIP）数据

数据库设计与应用——Visual FoxPro 程序设计实践教程（第 2 版）/孟雪梅，王煜国主编.
—北京：清华大学出版社，2011.3
（21 世纪高等学校规划教材·计算机应用）
ISBN 978-7-302-24673-2

Ⅰ．①V…　Ⅱ．①孟…　②王…　Ⅲ．①关系数据库—数据库管理系统，Visual FoxPro—程序设计—高等学校—教材　Ⅳ．①TP311.138

中国版本图书馆 CIP 数据核字（2011）第 014776 号

责任编辑：梁　颖　李玮琪
责任校对：徐俊伟
责任印制：李红英

出版发行：清华大学出版社　　　　　　　　　　地　　址：北京清华大学学研大厦 A 座
　　　　　http://www.tup.com.cn　　　　　　 邮　　编：100084
　　　　　社　总　机：010-62770175　　　　　邮　　购：010-62786544
　　　　　投稿与读者服务：010-62795954，jsjjc@tup.tsinghua.edu.cn
　　　　　质　量　反　馈：010-62772015，zhiliang@tup.tsinghua.edu.cn
印　装　者：北京国马印刷厂
经　　销：全国新华书店
开　　本：185×260　印　张：12.5　字　数：312 千字
版　　次：2011 年 3 月第 2 版　　印　　次：2011 年 3 月第 1 次印刷
印　　数：1～4000
定　　价：24.00 元

产品编号：040897-01

前 言

　　本书是与《数据库设计与应用——Visual FoxPro 程序设计（第 2 版）》（颜辉等主编，清华大学出版社出版）配套的实践教程。本书分为上机实验、同步练习、Visual FoxPro 二级考试笔试真题及上机模拟题三个部分。上机实验部分含有 18 个实验，主要内容涵盖了 Visual FoxPro 数据库基础，函数、命令与表达式，表的创建与操作，数据库设计，结构化查询语言 SQL，查询与视图，Visual FoxPro 程序设计，表单，报表与标签，菜单设计，数据库应用程序开发。本书的章节安排与主教材内容一致，并与其紧密结合。每个上机实验都包括详细的实验步骤和能力测试两个部分。在上机实验指导中，实验范例围绕着"图书管理系统"实例展开，循序渐进地演示了一个小型应用系统的开发过程。相应的能力测试则作为"图书管理系统"实例进行补充，使学生在理解范例的基础后上机实践，培养学生的动手能力。本书知识要点条理清晰、简明，符合教学规律；同步练习目的性强，强化了知识重点，与计算机等级考试密切相关。

　　全书由孟雪梅、王煜国主编；董大伟、翟朗、王艳敏副主编完成。其中第一部分中的实验一、实验十六由王煜国编写，实验三、实验四、实验五、实验十七由翟朗编写，实验二、实验六、实验七、实验八、实验九由董大伟编写，实验十、实验十一由王艳敏编写，实验十二、实验十三、实验十四、实验十五、实验十八由孟雪梅编写；第二部分第 1 章，第 2 章、第 3 章、第 4 章同步练习及参考答案部分由王煜国编写，第 5 章、第 6 章同步练习及参考答案部分由翟朗编写，第 7 章、第 8 章同步练习及参考答案部分由董大伟编写，第 9 章、第 10 章、第 11 章、第 12 章同步练习及参考答案部分由王艳敏编写；第三部分由孟雪梅编写。颜辉对本书的编写给出了具体的指导性建议，全书由孟雪梅统稿，王煜国审阅。

　　由于作者水平所限，书中错误和不妥之处在所难免，敬请读者批评指正。

编　者
2010 年 12 月

目 录

第一部分

上机实验

实验一 熟悉 Visual FoxPro 工作环境及项目管理器的使用

一、实验目的

（1）了解 Visual FoxPro 的安装过程。
（2）掌握 Visual FoxPro 的启动及退出方法。
（3）熟悉 Visual FoxPro 的用户界面。
（4）掌握 Visual FoxPro 的环境配置。
（5）掌握建立项目文件的操作方法。
（6）掌握利用项目管理器管理项目的方法。

二、实验内容

【实验 1-1】 Visual FoxPro 6.0 的安装

其具体实验步骤如下。

（1）将 Visual FoxPro 6.0 的系统光盘插入光盘驱动器或下载 Visual FoxPro 6.0 的安装程序，找到 SETUP.EXE，双击该文件，运行安装向导，如图 1-1 所示。

（2）按照安装向导的提示，单击"下一步"按钮进行安装，系统提示是否接受协议，选择"接受协议"单选按钮，如图 1-2 所示。

（3）单击"下一步"按钮，显示如图 1-3 所示，输入产品的 ID 号，以确认是否为合法用户。单击"下一步"按钮，计算机确认 ID 号合法，显示如图 1-4 所示，选择程序的安装位置。

（4）单击"下一步"按钮，显示协议如图 1-5 所示。单击"继续"按钮，则显示提示界面，如图 1-6 所示。

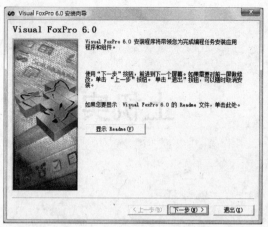

图 1-1　Visual FoxPro 6.0 的安装过程——步骤 1　　图 1-2　Visual FoxPro 6.0 的安装过程——步骤 2

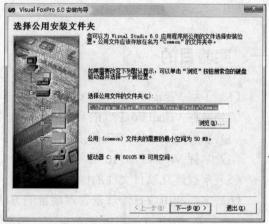

图 1-3　Visual FoxPro 6.0 的安装过程——步骤 3　　图 1-4　Visual FoxPro 6.0 的安装过程——步骤 4

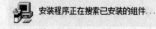

图 1-5　Visual FoxPro 6.0 的安装过程——步骤 5　　图 1-6　Visual FoxPro 6.0 的安装过程——步骤 6

（5）安装程序要求用户选择安装方式（典型安装、自定义安装），如图 1-7 所示。选用典型安装进行安装，单击"典型安装"按钮就开始安装了。

（6）程序安装成功，如图 1-8 所示，单击"确定"按钮，程序安装完毕。

（7）安装向导会提示是否安装 MSDN 组件（Visual FoxPro 6.0 的帮助文档），如图 1-9 所示。如不安装，单击"退出"按钮，则 Visual FoxPro 6.0 的帮助信息菜单的大部分内容将是不可用的。

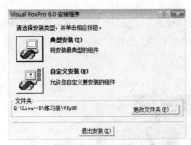 

图 1-7 Visual FoxPro 6.0 的安装过程——步骤 7　　　图 1-8 Visual FoxPro 6.0 的安装过程——步骤 8

图 1-9 Visual FoxPro 6.0 的安装过程——步骤 9

【实验 1-2】 Visual FoxPro 的启动和退出

1. 启动 Visual FoxPro

Visual FoxPro 6.0 的启动操作有如下几种方法。

（1）使用 Windows 的系统菜单。单击"开始"按钮，选择"程序"菜单中的 Microsoft Visual FoxPro 6.0 命令，如图 1-10 所示。

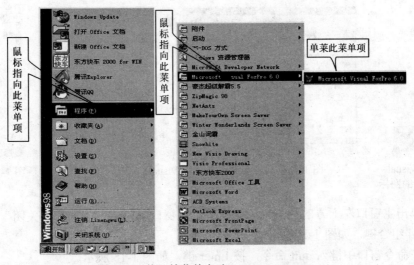

图 1-10 从开始菜单启动 Visual FoxPro 6.0

如果是第一次进入 Visual FoxPro 6.0，则系统将显示一个全屏欢迎界面。如图 1-11 所示。由于该界面可以不显示，选择"以后不再显示此屏"复选框，并且关闭当前窗口，则下次启动时，系统将不再显示该欢迎界面。

图 1-11　欢迎界面

　　（2）双击桌面上的 Visual FoxPro 6.0 图标，如图 1-12 所示。

　　（3）找到 Visual FoxPro 6.0 安装后的文件夹 VFP98，打开此文件夹，找到可执行文件 VFP6.EXE，如图 1-13 所示。

2. 退出 Visual FoxPro

Visual FoxPro 6.0 系统的退出操作有如下几种方法。

　　（1）鼠标左键单击 Visual FoxPro 6.0 标题栏最后面的关闭窗口按钮。

　　（2）选择"文件"菜单中的"退出"命令，如图 1-14 所示。

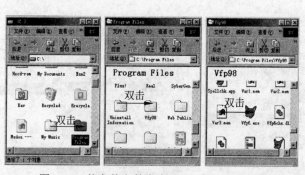

<table>
<tr><td>图 1-12　Visual FoxPro 6.0 的图标</td><td>图 1-13　从安装文件夹启动 Visual FoxPro 6.0</td><td>图 1-14　"文件"菜单</td></tr>
</table>

　　（3）单击主窗口左上方的控制菜单图标，从窗口下拉菜单中选择"关闭"命令，或者按 Alt+F4 组合键，如图 1-15 所示。

　　（4）在命令窗口中键入 quit 命令，按 Enter 键，如图 1-16 所示。

图 1-5 窗口下拉菜单

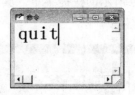

图 1-16 命令窗口

【实验 1-3】 熟悉 Visual FoxPro 6.0 的用户界面

进入中文 Visual FoxPro 6.0 后，显示如图 1-17 所示的用户界面。Visual FoxPro 6.0 系统的主界面的组成部分是：标题栏、菜单栏、工具栏、命令窗口、工作区窗口和状态栏。

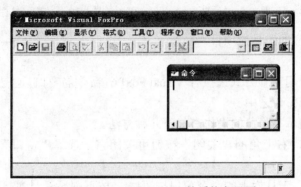

图 1-17 Visual FoxPro 6.0 的系统主界面

1. 标题栏

标题栏位于主界面的顶行，其中包含系统程序图标、主界面标题 Visual FoxPro 6.0、最小化按钮、最大化按钮和关闭按钮。

2. 菜单栏

标题栏下方是 Visual FoxPro 6.0 的系统菜单栏，它提供了 Visual FoxPro 的各种操作命令。Visual FoxPro 的系统菜单的菜单项随窗口操作内容不同而有所增加或减少。

3. 工具栏

工具栏位于系统菜单栏的下面，由若干个工具按钮组成，每一个按钮对应一个特定的功能。Visual FoxPro 提供了十几个工具栏。对于每一个设计器，Visual FoxPro 6.0 都提供了相对应的工具栏，可以根据自己的需要和习惯来定制自己的系统。

（1）定制工具栏可以按如下步骤进行。

① 打开"显示"菜单。

② 在"显示"下拉菜单中选择"工具栏"命令。

③ 系统将显示如图 1-18 所示的对话框，选择所需要显示到 Visual FoxPro 主窗口中的工具栏项目。

④ 单击"确定"按钮。

（2）另外一种简单的方式。

① 在系统菜单栏下工具栏位置中的空白区域或各工具栏的间隙区域右击，系统将显

示如图 1-19 所示的快捷菜单。其中，有"√"标记的工具栏项目表示已经显示在 Visual FoxPro 主窗口中。

图 1-18   "工具栏"对话框   图 1-19   右击工具栏位置弹出的快捷菜单

② 单击选择相应的工具栏项目。

4. 命令窗口

命令窗口是用户用交互方式来执行 Visual FoxPro 命令的窗口。它是一个标题为"命令"的窗口，它位于系统窗口之中。

（1）命令窗口显示与隐藏的操作有如下几种方法。

① 单击命令窗口右上角的"关闭"按钮可关闭它，选择"窗口"菜单中的"命令窗口"命令重新打开。

② 单击"常用"工具栏上的命令窗口按钮 ，按下则显示，弹起则隐藏命令窗口。

③ Ctrl+F4 组合键隐藏命令窗口；按 Ctrl+F2 组合键显示命令窗口。

（2）命令窗口的使用方法。

① 在命令窗口输入?date( )，注意问号和括号要在英文状态下输入，然后按 Enter 键。将显示系统的日期，如图 1-20 所示。日期显示格式的设置如图 1-20 所示。

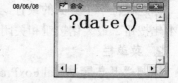

② 在命令窗口输入 quit，然后按 Enter 键，将退出系统。

图 1-20   显示系统日期

（3）在命令窗口操作时，应注意以下几点。

① 每行只能写一条命令，每条命令均以 Enter 键结束。

② 将光标移到窗口中已执行过的命令行的任意位置上，按 Enter 键将重新执行。

③ 清除刚输入的命令，可以按 Esc 键。

④ 在命令窗口中右击，可以打开一个快捷菜单，可以完成命令窗口和其他窗口编辑操作。

5. 工作区窗口

工作区窗口是位于系统窗口中的空白区域，该窗口也叫信息窗口，用来显示 Visual FoxPro 各种操作的运行结果。如在命令窗口输入命令回车后，命令的执行结果立即会在工作区窗口显示。若信息窗口显示的信息太多，可在命令窗口中执行 Clear 命令予以清除。

6. 状态栏

在 Visual FoxPro 系统界面的下方是状态栏，如图 1-21 所示。状态栏用于显示 Visual

FoxPro 所有的命令及操作状态信息，如对表文件浏览时，显示表文件的路径、名称、总记录数以及当前记录等。

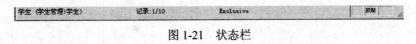

图 1-21 状态栏

【实验 1–4】 Visual FoxPro 6.0 的环境配置

1. Visual FoxPro 6.0 默认目录的设置

Visual FoxPro 有其默认的工作目录，就是系统文件所在的 Visual FoxPro 目录。为了便于管理，用户最好自己设置工作目录，以保存所建的文件。

（1）在 E 盘的根目录下建立一个名为"图书管理"的文件夹。

（2）选择"工具"菜单中的"选项"命令，出现"选项"对话框，在"选项"对话框中打开"文件位置"选项卡，如图 1-22 所示。

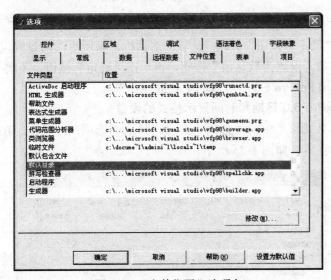

图 1-22 "文件位置"选项卡

（3）在文件类型中选择"默认目录"选项，单击"修改"按钮，或者直接双击"默认目录"选项，弹出如图 1-23 所示的"更改文件位置"对话框，如果"使用默认目录"复选框没有处于选中状态，则选中"使用默认目录"复选框，激活"定位默认目录"文本框，在文本框中直接输入路径"e:\图书管理"，或者单击文本框右侧的"…"按钮，出现如图 1-24 所示的"选择目录"对话框，选中文件夹之后单击"选定"按钮。单击"确定"按钮关闭"更改文件位置"对话框，返回"选项"对话框。

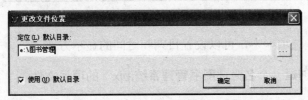

图 1-23 "更改文件位置"对话框

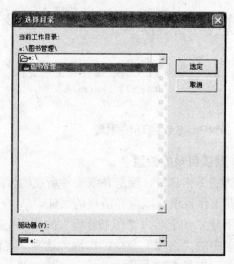

图 1-24 "选择目录"对话框

（4）在"文件位置"选项卡中，可以看到"默认目录"的"位置"已被设置为"e:\图书管理"，单击"确定"按钮，关闭"选项"对话框，则所更改的设置仅在本次系统运行期间有效。或者单击"设置为默认值"按钮，再单击"确定"按钮，关闭"选项"对话框，以后每次启动 Visual FoxPro 6.0 时所做的更改继续有效。

2. Visual FoxPro 6.0 日期和时间显示格式的设置

（1）选择"工具"菜单中的"选项"命令，弹出"选项"对话框，在"选项"对话框中打开"区域"选项卡，如图 1-25 所示。

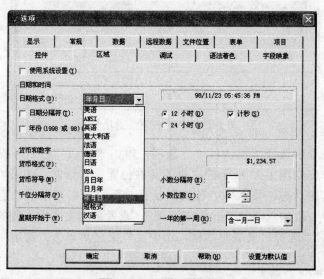

图 1-25 "区域"选项卡

（2）在"区域"选项卡中，可以设置日期和时间的显示方式。

【实验 1-5】 创建一个名为"图书管理系统.pjx"的项目文件

创建项目有如下几种方法。

（1）选择"文件"菜单下"新建"命令，弹出如图 1-26 所示"新建"对话框，在文件类型中选择"项目"单选按钮，单击"新建文件"按钮，弹出"创建"对话框，在"项目文件"文本框中输入项目的名称"图书管理系统"，如图 1-27 所示，单击"保存"按钮，即建立了一个空的"图书管理系统"项目文件，并打开"项目管理器"对话框，如图 1-28 所示。

（2）在"命令"窗口中输入：CREATE PROJECT <项目文件名>也可以建立项目文件，如图 1-29 所示。

图 1-26　"新建"对话框

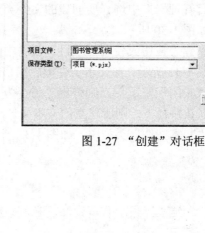

图 1-27　"创建"对话框

图 1-28　"图书管理系统"项目文件

图 1-29　"命令"窗口创建项目文件

【实验 1–6】　打开和关闭项目文件

1. 打开项目文件

打开项目文件有如下几种方法。

（1）选择"文件"菜单中的"打开"命令，"文件类型"选择"项目"选项，然后选中或输入要打开项目的文件名，单击"确定"按钮。

（2）在"命令"窗口中输入：MODIFY PROJECT <项目名>，如 MODIFY PROJECT 学生系统。

（3）直接找到项目文件存储的位置，双击项目文件。

2. 关闭项目文件

关闭项目文件有如下几种方法。

（1）用鼠标单击项目管理器标题栏右侧的"关闭"按钮▨。

（2）双击项目管理器标题栏左侧的控制菜单图标▨。

（3）按 Alt+F4 组合键。

【实验 1–7】 项目管理器的使用

1. 查看"项目管理器"中的文件

（1）展开项目。如果项目中具有一个以上同一类型的项，其类型符号旁边会出现一个"+"号，单击"+"号可以显示项目中该类型项的名称。

（2）折叠项目。若要折叠已展开的列表，可单击列表旁边的"-"号。

2. 在"项目管理器"中新建一个名为"系统说明书.txt"的文本文件

实验步骤如下。

（1）在"项目管理器"中选择要创建的文件类型，这里选择"其他"选项卡中的"文本文件"选项，如图 1-30 所示。

（2）单击"新建"按钮或使用"项目"菜单中的"新建文件"命令。则打开文本文件编辑器窗口，如图 1-31 所示。在文本文件编辑窗口中输入"图书管理系统使用说明书"等文本内容，单击"关闭"按钮▨，则弹出"另存为"对话框，将该文本文件以"系统说明书"为名保存到默认路径下。则所建立的文本文件"系统说明书.txt"将自动被添加到"项目管理器"中的"文本文件"类型中，如图 1-32 所示。

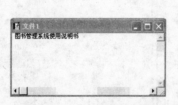

图 1-30 选定新建文件类 　　图 1-31 文本文件编辑器 　　图 1-32 建立了"系统说明书"
　　　　 型"文本文件" 　　　　　　　　　　　　　　　　　　　　　 文本文件的项目管理器

注意：在"项目管理器"中创建的文件将自动添加到"项目管理器"中；而使用"文件"菜单中"新建"命令创建的文件并不会自动添加到项目中，若要使其包含在"项目管理器"中，则必须使用添加文件的方法将其添加进去。

3. 将"系统说明书.txt"文件从项目管理器中移去

实验步骤如下。

（1）在"项目管理器"的"其他"选项卡中选定要移去的"系统说明书"文本文件。

（2）单击"移去"按钮，则弹出系统提示对话框，如图 1-33 所示。如果单击"移去"按钮，将从项目中移去该文件；如果单击"删除"按钮，

图 1-33 系统提示对话框

将从硬盘上删除该文件。这里选择"移去",则将"系统说明书.txt"从项目中移去。

4. 在"项目管理器"中添加"系统说明书.txt"文件

实验步骤如下。

（1）在"项目管理器"中选择欲添加的文件类型,这里选择"其他"选项卡中的文本文件。

（2）单击"添加"按钮,打开"添加"对话框。

（3）在"添加"对话框中选择"系统说明书.txt"文件。

（4）单击"确定"按钮,则文本文件"系统说明书.txt"便被添加到"项目管理器"中。

5. 修改"系统说明书"文本文件

实验步骤如下。

（1）在"项目管理器"中选择欲修改的"系统说明书"文本文件。

（2）单击"修改"按钮,则打开文本编辑器,可对该文件进行修改和编辑。

【实验1-8】 定制项目管理器

1. 改变大小和位置

（1）改变项目管理器的位置：可以将鼠标指针指向标题栏,然后将该窗口拖到屏幕上的其他位置。

（2）改变项目管理器的大小：可以将鼠标指针指向该窗口的顶端、底端、两边或角上,然后拖动鼠标即可增大或减少它的尺寸。

2. 折叠项目管理器

单击窗口右上角的向上的箭头,可折叠项目管理器。这样可以节省屏幕空间。折叠之后,箭头改变方向为朝下,再单击它,展开项目管理器,箭头方向回到其原来的样子,如图1-34所示。

3. 分离项目管理器

在折叠项目管理器之后,可把其中的一个标签,用鼠标将它拖离项目管理器。如果要还原标签,则可单击标签上的×按钮,或是将标签拖回到项目管理器中。如果希望某一标签始终显示在多窗口屏幕的最外层,则可以单击标签上的图钉图标,这样,该标签就会始终保留在其他Visual FoxPro 6.0窗口的上面。再次单击图钉图标可以取消标签的"顶层显示"设置,如图1-35所示。

图1-34 折叠项目管理器   图1-35 分离项目管理器

4．停放项目管理器

可以用鼠标拖动项目管理器的标题栏到 Visual FoxPro 6.0 主窗口的菜单栏和工具栏附近，项目管理器变成了系统工具栏的一个工具条。可以用鼠标把项目管理器从工具栏中拖出来，如图 1-36 所示。

图 1-36　停放项目管理器

三、能力测试

1．练习安装 Visual FoxPro 6.0。

2．练习使用 Visual FoxPro 6.0 的启动与退出。

3．熟悉 Visual FoxPro 6.0 集成开发环境。

4．在 E 盘建立一个以自己学号和姓名为名的文件夹，并将该文件夹设置为默认目录。

5．建立名为"学生管理系统"的项目文件，将其保存在上题创建的文件夹中。

实验二　数据与数据运算

一、实验目的

（1）掌握常用的数据类型。

（2）掌握变量的赋值和显示。

（3）掌握运算符和表达式的使用。

（4）掌握常用函数的使用。

二、实验内容

【实验 2-1】　变量的赋值和使用

（1）在"命令"窗口中输入并执行以下命令。

```
X=8
STORE 5 TO Y
?X+Y
```

运行结果：13

（2）在"命令"窗口中输入并执行以下命令。

```
S="中国."
STORE "长春" TO M
?S+M
```

运行结果：**中国.长春**

【实验2-2】 表达式的正确使用

（1）数值表达式的具体使用方法如下。

在"命令"窗口中输入并执行以下命令。

```
?(2-5)*(4+2)
```

运行结果：-18

```
?3^2+9/3
```

运行结果：12.00

```
?7%3+2*3+5/2
```

运行结果：9.50

（2）字符表达式的具体使用方法如下。

在"命令"窗口中输入并执行以下命令。

```
?"HELLO"+"WORLD"
```

运行结果：HELLO   WORLD

```
?"HELLO"-"WORLD"
```

运行结果：HELLOWORLD

```
?"HELLO"-"WORLD"+"OK"
```

运行结果：HELLOWORLD   OK

（3）日期时间表达式的具体使用方法如下。

在"命令"窗口中输入并执行以下命令。

```
?{^2010-11-11}+8
```

运行结果：11-19-10

```
?{^2010-11-11}-{^2010-11-2}
```

运行结果：9

【实验2-3】 宏替换命令的使用

在"命令"窗口中输入并执行以下命令。

```
X="110"
.?&X+23
```

运行结果：133

【实验 2-4】 常用字符函数的使用

（1）在"命令"窗口中输入并执行以下命令。

```
?SUBSTR("COMPUTER",4,3)
```

运行结果：PUT

（2）在"命令"窗口中输入并执行以下命令。

```
?AT("COMPUTER","THIS IS COMPUTER")
```

运行结果：9

（3）在"命令"窗口中输入并执行以下命令。

```
STORE "JLBTCEDU" TO X
?STUFF(X,5,3,"123")
```

运行结果：JLBT123U

（4）在"命令"窗口中输入并执行以下命令。

```
?"HELLO"+SPACE(5)+"DDW"
```

运行结果：HELLO　　　DDW

【实验 2-5】 常用数值函数的使用

（1）在"命令"窗口中输入并执行以下命令。

```
?INT(20.5)
```

运行结果：20

（2）在"命令"窗口中输入并执行以下命令。

```
?SQRT(9)
```

运行结果：3.00

（3）在"命令"窗口中输入并执行以下命令。

```
?ROUND(24.3459,3)
```

运行结果：24.346

```
?ROUND(134.5678,-2)
```

运行结果：100

（4）在"命令"窗口中输入并执行以下命令。

?MOD(7,4)

运行结果：3

（5）在"命令"窗口中输入并执行以下命令。

?PI()*5*5

运行结果：78.54

【实验 2-6】 常用日期和时间函数的使用

（1）在"命令"窗口中输入并执行以下命令。

?TIME()

假设系统时间是上午 10 点 12 分 24 秒，运行结果：10:12:24。

?DATE()

假设系统日期是 2010 年 11 月 13 日，运行结果：11/13/2010。
（2）在"命令"窗口中输入并执行以下命令。

?YEAR(DATE())

假设系统日期是 2010 年，运行结果：2010
（3）在"命令"窗口中输入并执行以下命令。

?MONTH(DATE())

假设系统日期是 2010 年 11 月 13 日，运行结果：11。
（4）在"命令"窗口中输入并执行以下命令。

?DAY(DATE())

假设系统日期是 2010 年 11 月 13 日，运行结果：13。

【实验 2-7】 类型转换函数的使用

（1）在"命令"窗口中输入并执行以下命令。

?UPPER("student")

运行结果：STUDENT

?LOWER("DDW")

运行结果：ddw
（2）在"命令"窗口中输入并执行以下命令。

?CTOD("01/11/2010")

运行结果：01/11/10

```
?DTOC(DATE())
```

假设系统日期是 2010 年 11 月 13 日，运行结果：2010/11/13。

（3）在"命令"窗口中输入并执行以下命令。

```
?STR(23.45*10,6,2)
```

运行结果：234.50

```
?STR(123.34,2,2)
```

运行结果：**

```
?VAL("-134.45"),VAL("-134A4"),VAL("A134")
```

运行结果：-134.45，-134.00，0.00

【实验 2-8】 常用数据库操作函数的使用

（1）在"命令"窗口中输入并执行以下命令。

```
USE 图书信息
GO BOTTOM
?EOF()
```

运行结果：.F.

```
SKIP
?EOF()
```

运行结果：.T.

（2）在"命令"窗口中输入并执行以下命令。

```
use 图书信息
GO TOP
?BOF()
```

运行结果：.F.

```
SKIP -1
?BOF()
```

运行结果：.T.

（3）在"命令"窗口中输入并执行以下命令。

```
USE 图书信息
GO 4
?RECNO()
```

运行结果：4

```
SKIP 2
?RECNO()
```

运行结果：6

```
GO TOP
?RECNO()
```

运行结果：1

（4）在"命令"窗口中输入并执行以下命令。

```
USE 图书信息
?RECCOUNT()
```

运行结果：9

（5）在"命令"窗口中输入并执行以下命令。

```
?VALTYPE(.T.)
```

运行结果：L

```
?VALTYPE("123")
```

运行结果：C

```
?TYPE("123")
```

运行结果：N

（6）在"命令"窗口中输入并执行以下命令。

```
USE 图书信息
GO  4
DELETE
?DELETED()
```

运行结果：.T.

```
SKIP
?DELETED()
```

运行结果：.F.

三、能力测试

在命令窗口输入以下命令，查看结果。

（1）

```
A=110
B=.T.
C="长春"
```

```
STORE {^2010/11/13} TO D
?A,B,C,D
```

（2）

```
A=21.2346
?ROUND(A+2.72,0)
```

（3）

```
?'2010'+'广州亚运会'
?'2010    '+'广州亚运会'
?'2010    '-'广州亚运会'+'广州'
```

（4）

```
SET MARK TO "/"
SET DATETO YMD
D={^2010/11/13}
?D
SET DATE TO MDY
?D
SET MARK TO"-"
?D
```

（5）

```
?STR(1234.45,5)
?STR(1234.45,3)
?SUBSTR('广州亚运会',5,2)
?LEN(TRIM('吉林'+'长春'))
```

实验三　数据库和表的创建

一、实验目的

（1）掌握建立数据库的步骤和方法。
（2）掌握数据库设计器的使用。
（3）掌握数据库的基本操作。
（4）掌握建立自由表和数据库表的过程。
（5）掌握表设计器的使用。

二、实验内容

　　首先建立以学号和姓名为名称的文件夹，并按【实验1-4】的方式把默认路径设置在该文件夹里，然后完成以下实验。

【实验 3-1】 建立数据库文件

1. 使用菜单方式建立"学生管理"数据库

实验步骤如下。

（1）选择"文件"→"新建"命令，弹出如图 3-1 所示"新建"对话框，在文件类型中选择"数据库"单选按钮，单击"新建文件"按钮。

（2）弹出"创建"对话框，如图 3-2 所示，在"数据库名"文本框中输入数据库的名称"学生管理"，单击"保存"按钮。

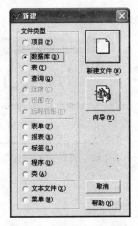 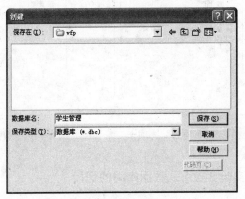

图 3-1 "新建"对话框   图 3-2 "创建"对话框

（3）这样就建立了一个空的"学生管理"数据库文件，同时打开"数据库设计器"对话框和"数据库设计器"浮动工具栏，如图 3-3 所示，新建立的数据库将在工具栏中的数据库列表显示，表示被打开并设置为当前数据库，关闭"数据库设计器"对话框。

2. 使用命令方式建立"工资管理"数据库

在"命令"窗口中输入：CREATE DATABASE [<数据库文件名>|?]，如图 3-4 所示，输入命令后按回车键即可。但是这种方式不会打开数据库设计器，只会打开数据库，新建的数据库显示在工具栏的数据库列表上，成为当前数据库。

3. 使用项目管理器方式建立"图书管理"数据库

实验步骤如下。

（1）按照【实验 1-5】的方式创建"图书管理系统"项目文件。

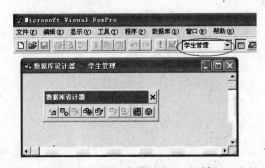

图 3-3 "数据库设计器"对话框

图 3-4 命令窗口创数据库文件

（2）打开"全部"选项卡，如图 3-5 所示，单击"数据"标签前的"+"，展开"数据"标签，选择"数据库"，或选择"数据"选项卡中的"数据库"，如图 3-6 所示。对于数据库的操作，两个选项卡的功能相同，以后只介绍"数据"选项卡中的操作。

（3）然后单击"新建"按钮，出现"新建数据库"对话框，如图 3-7 所示，选择"新建数据库"按钮，出现"创建"对话框，在"数据库名"文本框中输入数据库的名称"图书管理"，单击"保存"按钮，出现"数据库设计器"对话框，关闭该界面。

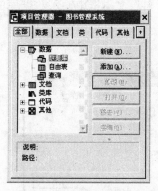
图 3-5 "全部"选项卡

图 3-6 "数据"选项卡

图 3-7 "新建数据库"对话框

【实验 3-2】 数据库间的切换

1．在数据库下拉列表切换数据库

我们分别用三种方式建立了学生管理、工资管理和图书管理数据库，在数据库下拉列表可以看到这三个数据库，如图 3-8（a）所示，表示这三个数据都处于打开状态，但是只能有一个是当前数据库，对数据库的所有操作都是对当前数据库的而言的。如图 3-8（a）所示，当前数据库是"图书管理"数据库，可以使用鼠标在数据库下拉列表中选择"学生管理"数据库为当前数据库，如图 3-8（b）所示。

2．使用命令切换数据库

在"命令"窗口中输入：SET DATABASE TO ＜数据库名＞，也可指定一个已经打开的数据库使其成为当前数据库，如图 3-9 所示。执行完命令"工资管理"数据库为当前数据库。

（a）　　　　（b）
图 3-8 数据库下拉列表

图 3-9 命令方式切换数据库

【实验 3-3】 打开与关闭数据库

使用多种方式打开与关闭数据库。

（1）在"命令"窗口中输入：CLOSE ALL 命令，按回车键，关闭所有对象，包括数据库。执行完该命令，数据库下拉列表中将无显示内容。

（2）选择"文件"→"打开"命令，弹出如图3-10所示"打开"对话框，在"文件类型"下拉列表中选择"数据库"选项，文件名选择"图书管理"数据库，在打开"图书管理"数据库的同时将打开"数据库设计器"对话框。

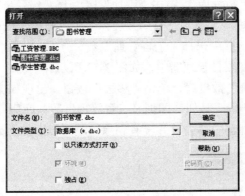

图3-10　"打开"对话框

（3）关闭数据库设计器，并用类似方式打开"图书管理系统"项目文件，如图3-11（a）所示，在该项目中选择"图书管理"数据库，单击项目管理器上的"关闭"按钮，即可关闭"图书管理"数据库。

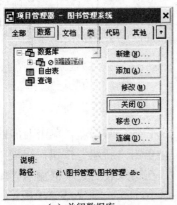　

（a）关闭数据库　　　　　　　　　　　（b）打开数据库

图3-11　在项目管理器中关闭和打开数据库

（4）关闭"图书管理"数据库后，项目管理器上的"关闭"按钮变为"打开"按钮，如图 3-11（b）所示，选择"图书管理"数据库，单击项目管理器上的"打开"按钮，即可打开"图书管理"数据库，但不显示数据库设计器。

（5）若想打开当前数据库的"数据库设计器"，可以在"命令"窗口中输入：MODIFY DATABASE 命令，按回车键。

【实验3-4】　删除数据库

1. 使用命令删除数据库

要删除的数据库必须处于关闭状态，然后在"命令"窗口中输入：DELETE DATABASE 学生管理，按回车键，出现如图 3-12 所示提示框，单击"是"按钮，即可删除"学生管理"数据库。

2. 使用项目管理器删除数据库

实验步骤如下。

（1）利用项目管理器删除数据库，在图 3-11 所示的项目管理器中选择"数据库"，单击"添加"按钮，出现"打开"对话框。

（2）在"打开"对话框中选择"工资管理"数据库，该数据库就添加到项目管理器中，如图 3-13 所示。

图 3-12　删除数据库提示框

（3）选择"工资管理"数据库，单击"移去"按钮，出现如图 3-14 所示提示框，在该对话框中，如果单击"删除"按钮，即把"工资管理"数据库删除；若单击"移去"按钮，只是把数据库从项目管理器中移去，并没有删除，还可以添加回来。

图 3-13　利用项目管理器删除数据库

图 3-14　移去数据库提示框

【实验 3-5】　创建表结构

创建"图书信息"表结构的实验步骤如下。

（1）在"图书管理系统"项目管理器中选择"图书管理"数据库，单击前面的"+"，展开"图书管理"数据库，选择"表"，如图 3-15 所示，单击"新建"按钮，出现"新建表"对话框，单击"新建表"按钮，出现"创建"对话框，在输入表名文本框输入"图书信息"，单击"保存"按钮，出现"表设计器"对话框，如图 3-16 所示，输入表 3-1 所示的数据。

图 3-15　利用项目管理器创建表

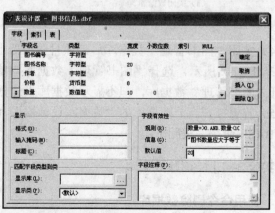

图 3-16　"表设计器"对话框

表 3-1 "图书信息"表的表结构

字 段 名	类 型	宽 度	字 段 名	类 型	宽 度
图书编号	字符型	7	数量	数值型	10
图书名称	字符型	20	出版社	字符型	10
作者	字符型	8	分类	字符型	6
价格	货币型	8	是否借出	逻辑型	1

（2）选择"图书编号"字段，该字段前按钮显示为 ⬦，表示该字段为当前字段，所有对字段的操作，都是对当前字段而言。在"标题"文本框中输入"书号"。

（3）设置"数量"字段的有效性规则，实验步骤如下。

① 选择"数量"字段，单击"规则"文本框后的 ▭ 按钮，出现"表达式生成器"对话框，如图 3-17 所示，双击字段中的"数量"字段，在"逻辑"下拉列表中选择"＞="，输入数字 0，再从"逻辑"下拉列表中选择"AND"。以此方法设计如图 3-17 所示表达式，单击"确定"按钮，返回"表设计器"界面。

② 单击"信息"文本框后的 ▭ 按钮，出现"表达式生成器"对话框，选择"字符串"列表中"文本"，在有效性规则编辑框中出现的""，在其中输入"图书数量应大于等于 0，且小于 100"，单击"确定"按钮。

③ 在"默认值"文本框输入 20，如图 3-16 所示。

（4）设置"是否借出"字段的有效性规则，实验步骤如下。

① 选择"是否借出"字段，选择"NULL"按钮，该按钮出现"√"，表示"是否借出"字段接受.NULL.值。

② 在"默认值"文本框输入.F.，然后单击"确定"按钮，出现如图 3-18 所示提示框，单击"是"按钮。

图 3-17 "表达式生成器"对话框

图 3-18 输入数据记录提示框

【实验 3-6】   录入表的数据

录入"图书信息"表的数据，实验步骤如下。

（1）【实验 3-5】结束之后，直接进入数据录入界面，如图 3-19（a）所示，可以选择"显示"→"浏览"命令切换到如图 3-19（b）所示界面。为"图书信息"表录入如表 3-2 所示数据。

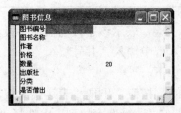

（a）"编辑"界面

（b）"浏览"界面

图 3-19   表数据录入界面

表 3-2   "图书信息"表数据

图书编号	图 书 名 称	作者	价格	数量	出版社	分类	是否借出
2010001	英汉互译实践与技巧	许建平	38	12	清华大学	英语	T
2010002	中国传统文化	张建	32	5	高等教育	人文	F
2010003	平面设计技术	谭浩强	33	20	人民邮电	计算机	F
2010004	汉英翻译基础教程	冯庆华	48	20	高等教育	英语	T
2010005	中国旅游文化	刘秀峰	25	6	人民邮电	人文	F
2010006	考研英语	刘香玲	28	20	水利水电	英语	T
2010008	C 语言程序设计	谭浩强	29	30	清华大学	计算机	F
2010009	翻译 365	冯庆华	32	9	人民教育	英语	F
2010010	一级 MS Office 教程	谭浩强	23	5	清华大学	计算机	T

（2）若错过这次录入数据的机会，还可以通过以下方式追加记录。

① 选择"文件"→"打开"命令，打开表文件，选择"显示"→"浏览"命令，显示浏览窗口，选择"显示"→"追加方式"命令。

② 或选择"文件"→"打开"命令，打开表文件，在"命令"窗口中输入：APPEND 命令。

【实验 3-7】   创建表

创建"读者信息"表的实验步骤如下。

（1）在"图书管理系统"项目管理器中，选择"数据"选项卡中的"自由表"选项，单击"新建"按钮，在出现的"新建表"提示对话框中单击"新建表"按钮，创建"读者信息"表，因该表是自由表，表设计器如图 3-20 所示，与数据库表"图书信息"的表设计器进行对比，体会两种表设计器的功能上的不同之处。

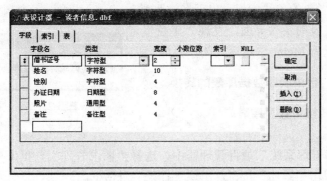

图 3-20 "读者信息"表的表设计器

（2）录入"读者信息"表的数据如表 3-3 所示。

表 3-3 "读者信息"表的数据

借书证号	姓 名	性 别	办 证 日 期
1	王兰	女	2001 年 1 月 1 日
2	李苗苗	女	2001 年 1 月 1 日
3	张丽	女	2009 年 12 月 6 日
4	王思成	男	2001 年 1 月 1 日
5	高旭	男	2009 年 12 月 26 日
6	刘晓寒	男	2010 年 11 月 4 日
7	李艳	女	2006 年 5 月 3 日
8	张伟利	男	2010 年 11 月 14 日
9	刘明	男	2006 年 5 月 3 日

（3）双击"王兰"的照片字段，出现通用型数据的录入界面，如图 3-21 所示，选择"编辑"→"插入对象"命令，弹出"插入对象"对话框，如图 3-22 所示，单击"由文件创建"按钮，在文件文本框内输入文件的路径和文件名，也可单击"浏览"按钮，选择指定图片，然后单击"确定"按钮即可，关闭照片字段的录入界面，发现编辑过的"王兰"照片字段，显示为 Gen。

图 3-21 通用型数据的录入界面

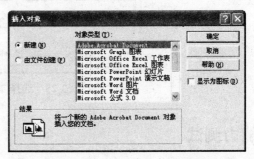

图 3-22 "插入对象"对话框

（4）双击"王兰"的备注字段，出现备注型数据的录入界面，直接输入内容如图 3-23 所示，关闭备注字段的录入界面，发现"王兰"的备注字段，显示为 Memo，然后关闭该界面。

图 3-23　备注字段内容

【实验 3-8】　自由表和数据库表的转换

1. 将自由表转换为数据库表

实验步骤如下。

（1）在"图书管理系统"项目管理器中，选择"图书管理"数据库中的"表"，如图 3-24（a）所示，单击"添加"按钮，出现"打开"对话框。

（2）在"打开"对话框中，选择自由表"读者信息"。

（3）"读者信息"表即成为"图书管理"数据库中的表，如图 3-24（b）所示。

（a）"读者信息"为自由表　　　　　　　（b）"读者信息"为数据库中的表

图 3-24　利用项目管理器实现自由表到数据库表的转换

2. 将数据库表转换为自由表

实验步骤如下。

（1）选择如图 3-24（b）所示的"读者信息"表，单击"移去"按钮，出现如图 3-25 所示的提示对话框。

（2）在提示框中，若单击"移去"按钮，在出现的提示框中单击"是"按钮，则将表文件移出项目文件，使之成为自由表，若单击"删除"按钮，则将表文件从磁盘上删除。

图 3-25　选择提示框

三、能力测试

在"图书管理"数据库中创建"借阅信息"表，表结构和表中数据如图 3-26 和表 3-4 所示。

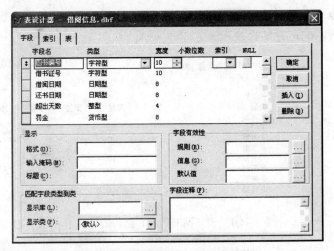

图 3-26 "借阅信息"表的表结构

表 3-4 "借阅信息"表的数据

图 书 编 号	借 书 证 号	借 阅 日 期	还 书 日 期	超 出 天 数	罚 金
2010001	2	2010 年 2 月 16 日		10	100
2010004	4	2010 年 6 月 22 日		0	0
2010006	2	2010 年 2 月 16 日		0	0
2010010	1	2010 年 10 月 23 日		10	100

实验四 表的修改与编辑

一、实验目的

（1）掌握表结构的基本操作。
（2）掌握表的基本操作。
（3）掌握记录与数组间数据交换方法。
（4）掌握建立排序的方法。

二、实验内容

本次实验将对数据表中数据进行修改、删除等操作，请同学们备份数据表。

【实验 4-1】 显示表结构

显示"图书信息"表的表结构，实验步骤如下。
（1）选择"文件"→"打开"命令，在"文件类型"选项区域中选择"表"选项，然后选择"图书信息"表。

（2）在"命令"窗口中输入：DISPLAY STRUCTURE 命令，按回车键。将在系统主窗口显示如图 4-1 所示的运行结果。

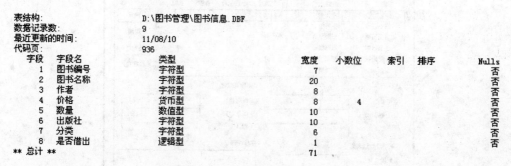

表结构：	D:\图书管理\图书信息.DBF					
数据记录数：	9					
最近更新的时间：	11/08/10					
代码页：	936					
字段 字段名	类型	宽度	小数位	索引	排序	Nulls
1 图书编号	字符型	7				否
2 图书名称	字符型	20				否
3 作者	字符型	8				否
4 价格	货币型	8	4			否
5 数量	数值型	10				否
6 出版社	字符型	10				否
7 分类	字符型	6				否
8 是否借出	逻辑型	1				否
** 总计 **		71				

图 4-1　表"图书信息"结构的显示

【实验 4-2】　修改表结构

1. 使用菜单方式修改"图书信息"表的表结构

在【实验 4-1】中已经打开"图书信息"表。选择"显示"→"表设计器"命令，弹出如图 4-2 所示的"表设计器"对话框，对表结构进行如下修改。

（1）选择"图书编号"字段，在"输入掩码"文本框中输入：9999999，再删除"标题"文本框的内容。

（2）选择"数量"字段，单击"插入"按钮，插入新字段，字段名为出版日期，类型为日期型，在默认值中输入 DATE()，如图 4-3 所示。

（3）然后单击"确定"按钮，在弹出的提示框中单击"是"按钮。

2. 使用命令方式修改表结构

在"命令"窗口中输入：MODIFY STRUCTURE 命令，按回车键，出现"表设计器"对话框。对表结构进行如下修改。

（1）选择"出版日期"字段，单击"删除"按钮。

（2）选择"分类"字段，在"字段注释"中输入"按图书的内容分类"。

（3）然后单击"确定"按钮，在弹出的提示框中单击"是"按钮。

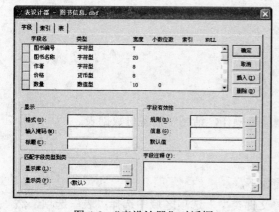

图 4-2　"表设计器"对话框

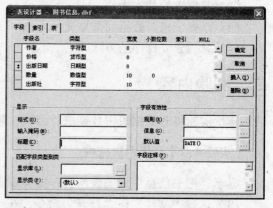

图 4-3　插入新字段后的"表设计器"对话框

【实验 4-3】 在主窗口显示记录的指定内容

以"读者信息"表为例，练习在主窗口显示记录的指定内容。

实验步骤如下。

（1）显示表的当前记录。

在"命令"窗口中依次输入如下命令，并按回车键。

```
CLEAR              &&清屏命令
USE 读者信息        &&打开"读者信息"表
DISPLAY            &&默认时显示当前记录
```

结果如图 4-4 所示。

记录号	借书证号	姓名	性别	办证日期	照片	备注
1	1	王兰	女	01/01/01	Gen	Memo

图 4-4 实验结果

（2）连续显示表中所有记录。

```
LIST               &&默认时显示全部记录
```

结果如图 4-5 所示。

记录号	借书证号	姓名	性别	办证日期	照片	备注
1	1	王兰	女	01/01/01	Gen	Memo
2	2	李苗苗	女	01/01/01	Gen	Memo
3	3	张丽	女	12/06/09	Gen	memo
4	4	王思成	男	01/01/01	Gen	memo
5	5	高旭	男	12/26/09	gen	memo
6	6	刘晓寒	男	11/04/10	gen	memo
7	7	李艳	女	05/03/06	gen	memo
8	8	张伟利	男	11/14/10	gen	memo
9	9	刘明	男	05/03/06	gen	memo

图 4-5 实验结果

（3）显示表中第 3 条记录。

```
LIST RECO 3        &&显示记录号是 3 的记录
```

结果如图 4-6 所示。

记录号	借书证号	姓名	性别	办证日期	照片	备注
3	3	张丽	女	12/06/09	Gen	memo

图 4-6 实验结果

（4）显示表中第 3、4、5 条记录。

```
LIST NEXT 3        &&以 3 号记录为基础,显示第 3、4、5 条的记录
```

结果如图 4-7 所示。

记录号	借书证号	姓名	性别	办证日期	照片	备注
3	3	张丽	女	12/06/09	Gen	memo
4	4	王思成	男	01/01/01	Gen	memo
5	5	高旭	男	12/26/09	gen	memo

图 4-7 实验结果

（5）显示表中剩下的记录。

```
LIST REST          &&以 5 号记录为基础,显示第 5 条到最后一条记录
```

结果如图 4-8 所示。

记录号	借书证号	姓名	性别	办证日期	照片	备注
5	5	高旭	男	12/26/09	gen	memo
6	6	刘晓寒	男	11/04/10	gen	memo
7	7	李艳	女	05/03/06	gen	memo
8	8	张伟利	男	11/14/10	gen	memo
9	9	刘明	男	05/03/06	gen	memo

图 4-8   实验结果

（6）显示表中所有女读者的姓名，性别和办证日期。

```
LIST 姓名,性别,办证日期 FOR 性别="女"
```

结果如图 4-9 所示。

记录号	姓名	性别	办证日期
1	王兰	女	01/01/01
2	李苗苗	女	01/01/01
3	张丽	女	12/06/09
7	李艳	女	05/03/06

图 4-9   实验结果

（7）显示 2010 年 1 月 1 日以后（包括当天）办证的读者的信息，不显示记录号。

```
LIST FOR 办证日期>={^2010/01/01} OFF
USE
```

结果如图 4-10 所示。

借书证号	姓名	性别	办证日期	照片	备注
6	刘晓寒	男	11/04/10	gen	memo
8	张伟利	男	11/14/10	gen	memo

图 4-10   实验结果

【实验 4-4】   在浏览窗口显示记录

（1）使用命令方式浏览"读者信息"表，浏览其内容后关闭。
在"命令"窗口中输入以下命令。

```
USE 读者信息
BROWSE
USE
```

（2）使用菜单方式浏览"读者信息"表，浏览其内容后关闭，实验步骤如下。
① 选择"文件"→"打开"命令，选择"图书信息"表。
② 选择"显示"→"浏览"命令，这时还可以选择"显示"→"浏览"或"编辑"命令来改变窗口显示方式。
③ 选择"窗口"→"数据工作期"命令，出现"数据工作期"对话框，选择"图书信息"表，单击"关闭"按钮。

【实验 4–5】 记录指针的移动

以"读者信息"表为例，练习记录指针的移动方法，实验步骤如下。

（1）显示表中第 2、8 条记录。

在"命令"窗口中依次输入如下命令，并按回车键。

```
CLEAR                       &&清屏命令
USE 读者信息
GO 2                        &&指针指向第 2 条记录
DISPLAY                     &&显示当前记录
GOTO 8                      &&指针指向第 8 条记录
DISPLAY
```

（2）显示表中第 1 条记录，并查看函数 BOF()和 RECONO()的返回值。

```
GO TOP                      &&指针指向第 1 条记录
DISPLAY
?BOF(),RECNO()
```

（3）将指针向上移动一条记录，再次查看函数 BOF()和 RECONO()的返回值。

```
SKIP -1                     &&指针向上移动一条记录
?BOF(),RECNO()
```

（4）将记录指针指向第 5 条记录，再向下移动 2 条记录，查看 RECONO()的返回值。

```
5                           &&指针指向第 5 条记录
SKIP 2                      &&指针向下移动 2 条记录
?RECNO()
```

（5）将指针指向最后一条记录，查看函数 EOF()和 RECONO()的返回值。

```
GO BOTTOM                   &&指针指向最后一条记录
?EOF(),RECNO()
```

（6）将指针向下移动一条记录，再次查看函数 EOF()和 RECONO()的返回值。

```
SKIP                        &&SKIP 默认时，指针向下移动一条记录
?EOF(),RECNO()
USE
```

以上实验结果如图 4-11 所示。

记录号	借书证号	姓名	性别	办证日期	照片	备注
2	2	李苗苗	女	01/01/01	Gen	Memo

记录号	借书证号	姓名	性别	办证日期	照片	备注
8	8	张伟利	男	11/14/10	gen	memo

记录号	借书证号	姓名	性别	办证日期	照片	备注
1	1	王兰	女	01/01/01	Gen	Memo

```
.F.        1
.T.        1
           7
.F.        9
.T.       10
```

图 4-11 实验结果

【实验 4-6】 修改表记录

（1）使用编辑修改的方法，将"谭浩强"所编写书籍的"出版社"字段值改为"电子工业"。
在"命令"窗口中输入如下命令后，按回车键。

```
USE 图书信息
EDIT FOR 作者="谭浩强"
```

执行完该命令，系统将自动打开编辑窗口，只需要将光标定位在"出版社"字段进行修改，如图 4-12 所示。

（2）使用浏览修改的方法，将"人文"类图书的"是否借出"字段值改为".T."。
在"命令"窗口中输入如下命令后，按回车键。

```
BROWSE FOR 分类="人文"
```

执行完该命令，系统将自动打开浏览窗口，只需要将光标定位在"是否借出"字段进行修改，如图 4-13 所示。

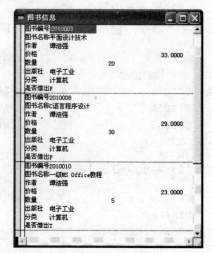

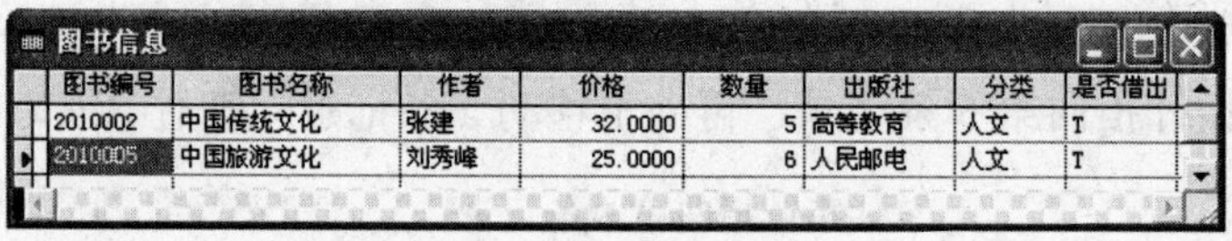

图 4-12 实验结果

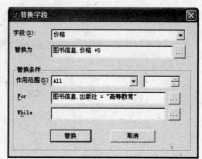

图 4-13 实验结果

（3）使用替换修改的方法，将"高等教育"出版社出版图书的"价格"字段值加上 5。
可以使用命令方式和菜单方式两种方法。
① 在"命令"窗口中输入如下命令后，按回车键。

```
REPLACE ALL 价格 WITH 价格+5 FOR 出版社="高等教育"
```

执行完该命令，系统将自动替换修改。在命令窗口中输入 BROWSE 命令，按回车键，出现如图 4-14 所示结果，查看价格字段的变化。
② 打开表后，选择"表"→"替换字段"命令，出现"替换字段"对话框，按如图 4-15 所示设置选项，功能与命令方式相同。

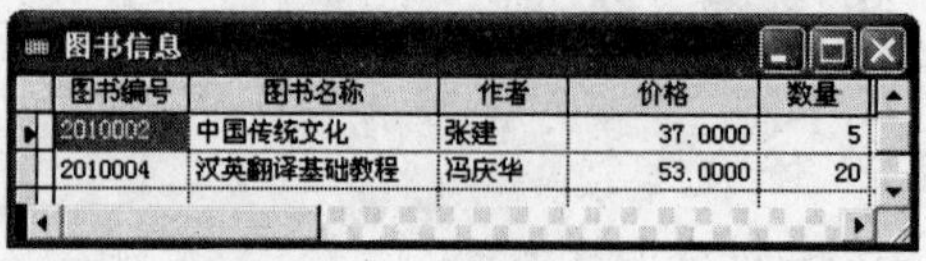

图 4-14 实验结果

图 4-15 "替换字段"对话框

【实验 4-7】 添加表记录

（1）使用 APPEND 命令，往"读者信息"表中添加如下记录。

借书证号	姓名	性别	办证日期
99	丁敏	女	2010-11-12

在"命令"窗口中输入如下命令后，按回车键。

```
USE 读者信息
APPEND
```

在出现的界面添加题目要求的记录，然后关闭该界面，在"命令"窗口中输入：BROWSE，按回车键，查看新添加的记录。

（2）使用 INSERT 命令，往"读者信息"表的第 7 条记录前添加如下记录。

借书证号	姓名	性别	办证日期
77	张芳芳	女	2010-11-12

在"命令"窗口输入如下命令后，按回车键。

```
USE 读者信息
GO 7
INSERT BEFORE
```

在出现的界面添加题目要求的记录，然后关闭该界面，在"命令"窗口中输入：BROWSE，按回车键，查看新添加的记录是否为第 7 条记录。

最后结果如图 4-16 所示。

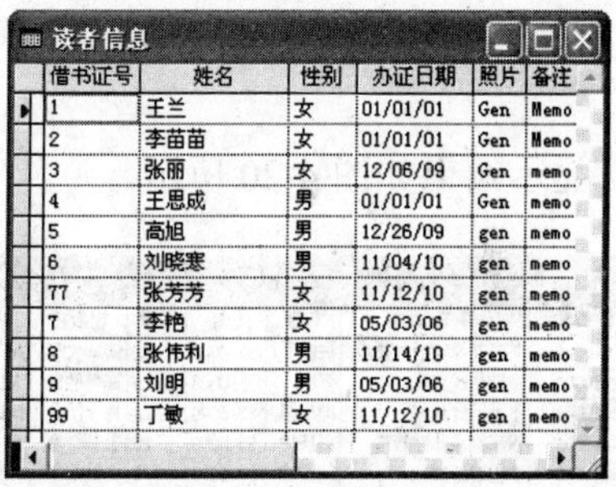

【实验 4-8】 删除表记录

以"图书信息"表为例，练习删除表记录的方法。

（1）逻辑删除价格大于等于 30 的图书信息，并在浏览窗口查看被逻辑删除记录特征。

在"命令"窗口中依次输入如下命令，并按回车键。

```
USE  图书信息
DELETE FOR 价格>=30
BROWSE
```

显示结果如图 4-17 所示。

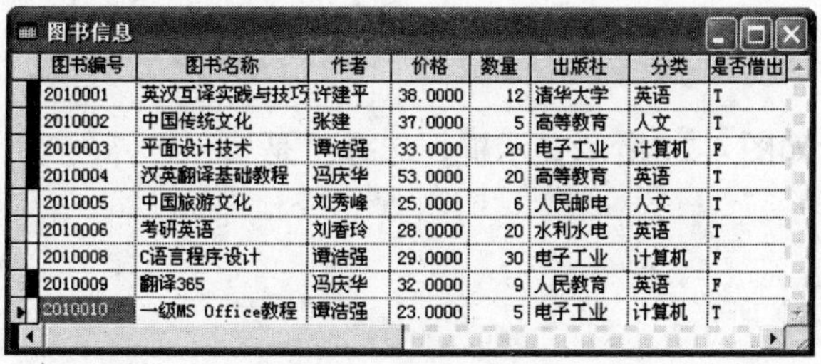

图 4-16 实验结果

图 4-17 实验结果

（2）恢复分类为英语的图书信息，并在主窗口中查看被逻辑删除记录特征。

```
RECALL FOR 分类="英语"
LIST
```

显示结果如图 4-18 所示。

记录号	图书编号	图书名称	作者	价格	数量	出版社	分类	是否借出
1	2010001	英汉互译实践与技巧	许建平	38.0000	12	清华大学	英语	.T.
2	*2010002	中国传统文化	张建	37.0000	5	高等教育	人文	.T.
3	*2010003	平面设计技术	谭浩强	33.0000	20	电子工业	计算机	.F.
4	2010004	汉英翻译基础教程	冯庆华	53.0000	20	高等教育	英语	.T.
5	2010005	中国旅游文化	刘秀峰	25.0000	6	人民邮电	人文	.T.
6	2010006	考研英语	刘香玲	28.0000	20	水利水电	英语	.T.
7	2010008	C语言程序设计	谭浩强	29.0000	30	电子工业	计算机	.F.
8	2010009	翻译365	冯庆华	32.0000	9	人民教育	英语	.F.
9	2010010	一级MS Office教程	谭浩强	23.0000	5	电子工业	计算机	.T.

图 4-18　实验结果

（3）恢复所有逻辑删除的记录。

```
RECALL ALL
```

（4）物理删除没有被借出图书的记录。

```
DELETE FOR !是否借出
BROWSE
```

显示结果如图 4-19 所示。

```
PACK
BROWSE
```

显示结果如图 4-20 所示。

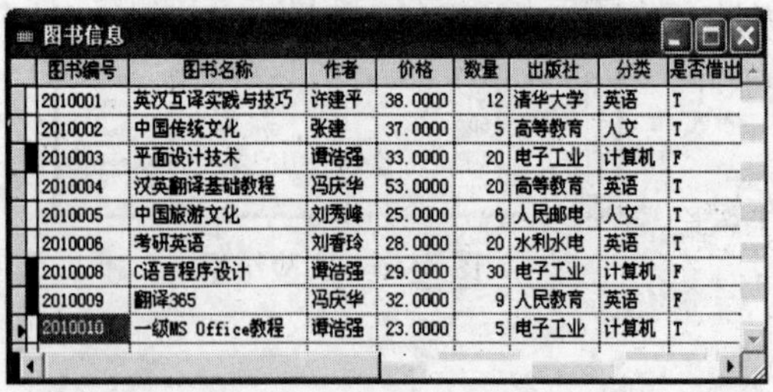

图书信息

图书编号	图书名称	作者	价格	数量	出版社	分类	是否借出
2010001	英汉互译实践与技巧	许建平	38.0000	12	清华大学	英语	T
2010002	中国传统文化	张建	37.0000	5	高等教育	人文	T
2010003	平面设计技术	谭浩强	33.0000	20	电子工业	计算机	F
2010004	汉英翻译基础教程	冯庆华	53.0000	20	高等教育	英语	T
2010005	中国旅游文化	刘秀峰	25.0000	6	人民邮电	人文	T
2010006	考研英语	刘香玲	28.0000	20	水利水电	英语	T
2010008	C语言程序设计	谭浩强	29.0000	30	电子工业	计算机	F
2010009	翻译365	冯庆华	32.0000	9	人民教育	英语	F
2010010	一级MS Office教程	谭浩强	23.0000	5	电子工业	计算机	T

图 4-19　实验结果

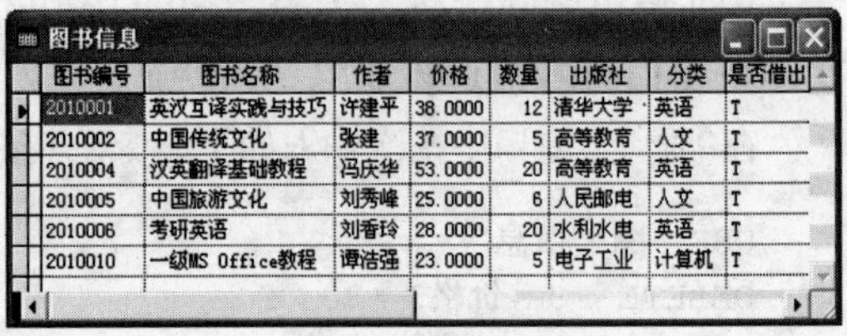

图书信息

图书编号	图书名称	作者	价格	数量	出版社	分类	是否借出
2010001	英汉互译实践与技巧	许建平	38.0000	12	清华大学	英语	T
2010002	中国传统文化	张建	37.0000	5	高等教育	人文	T
2010004	汉英翻译基础教程	冯庆华	53.0000	20	高等教育	英语	T
2010005	中国旅游文化	刘秀峰	25.0000	6	人民邮电	人文	T
2010006	考研英语	刘香玲	28.0000	20	水利水电	英语	T
2010010	一级MS Office教程	谭浩强	23.0000	5	电子工业	计算机	T

图 4-20　实验结果

（5）删除表中所有记录。

```
ZAP
```

执行该命令显示如图 4-21 所示提示框，选择“是”。

```
BROWSE
```

显示结果如图 4-22 所示。

图 4-21 实验结果

图 4-22 实验结果

（6）统计表中记录个数。

```
?RECCOUNT()
USE
```

显示结果为 0。

【实验 4-9】 表记录与数组中数据的交换

（1）用数组向表中传递数据的方法，往"图书信息"表添加如下记录。

图书编号	图书名称	作者	价格
1234567	Visual FoxPro 程序设计	林丽丽	30

在"命令"窗口中依次输入如下命令，并按回车键。

```
DIMENSION Z(4)
Z(1)="1234567"
Z(2)="Visual FoxPro程序设计"
Z(3)="林丽丽"
Z(4)=30
USE 图书信息
APPEND BLANK
GATHER FROM Z
BROWSE
```

操作后结果如图 4-23 所示。

图书编号	图书名称	作者	价格	数量	出版社	分类	是否借出
1234567	Visual FoxPro程序设	林丽丽	30.0000	20			F

图 4-23 实验结果

（2）把"读者信息"表中第 2 条记录复制到数组中。

在"命令"窗口中依次输入如下命令，并按回车键。

```
USE 读者信息
GO 2
SCATTER TO G
LIST MEMORY LIKE G
USE
```

操作后结果如图 4-24 所示。

【实验 4-10】 排序

将"读者信息"表按办证日期降序排列，办证日期相同的按性别的升序排列，生成的新表名为"读者办证日期"。

在"命令"窗口中依次输入如下命令，并按回车键。

```
USE 读者信息
SORT TO 读者办证日期 ON 办证日期/D,性别
USE 读者办证日期
BROWSE
USE
```

操作后结果如图 4-25 所示。

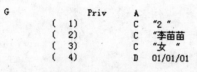

图 4-24 实验结果

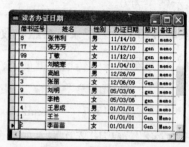

图 4-25 实验结果

三、能力测试

1. 显示"读者信息"表指定内容。

（1）打开"读者信息"表。

（2）显示表中男读者的信息，不显示记录号。

（3）显示表中最后一条记录。

（4）显示表中第 4、5、6 条记录的借书证号、姓名和性别字段。

2. 选用一种方法往"图书信息"表插入如下记录。

图书编号	图书名称	作者	价格
7777777	Visual FoxPro 实践教程	张高	77

3. 删除"读者信息"表指定内容。

（1）逻辑删除女读者信息。

（2）恢复办证日期在 2010 年 02 月 01 以后的记录。

（3）物理删除男读者信息。

实验五 索引的建立及多表操作

一、实验目的

（1）掌握建立索引文件的方法。

（2）掌握使用索引的方法。

（3）掌握使用索引查找的方法。

（4）掌握数据表参照完整性和关联的设置方法。

（5）掌握 Visual FoxPro 的多表操作。

二、实验内容

【实验 5-1】　单索引文件的建立和使用

以"图书信息"表为例，练习单索引文件的建立和使用，具体实验步骤如下。

（1）按图分类升序建立单索引文件。

在"命令"窗口中依次输入如下命令，并按回车键。

```
USE 图书信息
INDEX ON 分类 TO 分类升序
LIST
```

显示结果如图 5-1 所示。

记录号	图书编号	图书名称	作者	价格	数量	出版社	分类	是否借出
3	2010003	平面设计技术	谭浩强	33.0000	20	人民邮电	计算机	.F.
7	2010008	C语言程序设计	谭浩强	29.0000	30	清华大学	计算机	.F.
9	2010010	一级MS Office教程	谭浩强	23.0000	5	清华大学	计算机	.T.
2	2010002	中国传统文化	张建	32.0000	5	高等教育	人文	.F.
5	2010005	中国旅游文化	刘秀峰	25.0000	6	人民邮电	人文	.T.
1	2010001	英汉互译实践与技巧	许建平	38.0000	12	清华大学	英语	.T.
4	2010004	汉英翻译基础教程	冯庆华	48.0000	20	高等教育	英语	.T.
6	2010006	考研英语	刘香玲	28.0000	20	水利水电	英语	.T.
8	2010009	翻译365	冯庆华	32.0000	9	人民教育	英语	.F.

图 5-1　实验结果

（2）按数量升序建立单索引文件。

```
CLEAR
INDEX ON 数量 TO 数量升序
LIST
```

显示结果如图 5-2 所示。

记录号	图书编号	图书名称	作者	价格	数量	出版社	分类	是否借出
2	2010002	中国传统文化	张建	32.0000	5	高等教育	人文	.F.
9	2010010	一级MS Office教程	谭浩强	23.0000	5	清华大学	计算机	.T.
5	2010005	中国旅游文化	刘秀峰	25.0000	6	人民邮电	人文	.F.
8	2010009	翻译365	冯庆华	32.0000	9	人民教育	英语	.F.
1	2010001	英汉互译实践与技巧	许建平	38.0000	12	清华大学	计算机	.T.
3	2010003	平面设计技术	谭浩强	33.0000	20	人民邮电	计算机	.F.
4	2010004	汉英翻译基础教程	冯庆华	48.0000	20	高等教育	英语	.T.
6	2010006	考研英语	刘香玲	28.0000	20	水利水电	英语	.T.
7	2010008	C语言程序设计	谭浩强	29.0000	30	清华大学	计算机	.F.

图 5-2　实验结果

（3）按价格降序建立单索引文件。

```
CLEAR
INDEX ON -价格 TO 价格降序
LIST
```

显示结果如图 5-3 所示。

记录号	图书编号	图书名称	作者	价格	数量	出版社	分类	是否借出
4	2010004	汉英翻译基础教程	冯庆华	48.0000	20	高等教育	英语	.T.
1	2010001	英汉互译实践与技巧	许建平	38.0000	12	清华大学	英语	.T.
3	2010003	平面设计技术	谭洁强	33.0000	20	人民邮电	计算机	.F.
2	2010002	中国传统文化	张建	32.0000	5	高等教育	人文	.F.
8	2010009	翻译365	冯庆华	32.0000	9	人民教育	英语	.F.
7	2010008	C语言程序设计	谭洁强	29.0000	30	清华大学	计算机	.F.
6	2010006	考研英语	刘香玲	28.0000	20	水利水电	英语	.T.
5	2010005	中国旅游文化	刘秀峰	25.0000	6	人民邮电	人文	.F.
9	2010010	一级MS Office教程	谭洁强	23.0000	5	清华大学	计算机	.T.

图 5-3　实验结果

（4）按是否借出降序建立单索引文件。

```
CLEAR
INDEX ON !是否借出 TO 借出降序
LIST
```

显示结果如图 5-4 所示。

记录号	图书编号	图书名称	作者	价格	数量	出版社	分类	是否借出
1	2010001	英汉互译实践与技巧	许建平	38.0000	12	清华大学	英语	.T.
4	2010004	汉英翻译基础教程	冯庆华	48.0000	20	高等教育	英语	.T.
6	2010006	考研英语	刘香玲	28.0000	20	水利水电	英语	.T.
9	2010010	一级MS Office教程	谭洁强	23.0000	5	清华大学	计算机	.T.
2	2010002	中国传统文化	张建	32.0000	5	高等教育	人文	.F.
3	2010003	平面设计技术	谭洁强	33.0000	20	人民邮电	计算机	.F.
5	2010005	中国旅游文化	刘秀峰	25.0000	6	人民邮电	人文	.F.
7	2010008	C语言程序设计	谭洁强	29.0000	30	清华大学	计算机	.F.
8	2010009	翻译365	冯庆华	32.0000	9	人民教育	英语	.F.

图 5-4　实验结果

（5）先按出版社升序排序，再按分类升序建立单索引文件。

```
CLEAR
INDEX ON 出版社+分类 TO 出版社分类
LIST
```

显示结果如图 5-5 所示。

记录号	图书编号	图书名称	作者	价格	数量	出版社	分类	是否借出
2	2010002	中国传统文化	张建	32.0000	5	高等教育	人文	.F.
4	2010004	汉英翻译基础教程	冯庆华	48.0000	20	高等教育	英语	.T.
7	2010008	C语言程序设计	谭洁强	29.0000	30	清华大学	计算机	.F.
9	2010010	一级MS Office教程	谭洁强	23.0000	5	清华大学	计算机	.T.
1	2010001	英汉互译实践与技巧	许建平	38.0000	12	清华大学	英语	.T.
8	2010009	翻译365	冯庆华	32.0000	9	人民教育	英语	.T.
3	2010003	平面设计技术	谭洁强	33.0000	20	人民邮电	计算机	.F.
5	2010005	中国旅游文化	刘秀峰	25.0000	6	人民邮电	人文	.F.
6	2010006	考研英语	刘香玲	28.0000	20	水利水电	英语	.T.

图 5-5　实验结果

（6）先按分类升序排序，再按价格升序建立单索引文件。

```
CLEAR
INDEX ON 分类+STR(价格) TO 分类价格
LIST
USE
```

显示结果如图 5-6 所示。

记录号	图书编号	图书名称	作者	价格	数量	出版社	分类	是否借出
9	2010010	一级MS Office教程	谭浩强	23.0000	5	清华大学	计算机	.T.
7	2010008	C语言程序设计	谭浩强	29.0000	30	清华大学	计算机	.F.
3	2010003	平面设计技术	谭浩强	33.0000	20	人民邮电	计算机	.F.
5	2010005	中国旅游文化	刘秀峰	25.0000	6	人民邮电	人文	.F.
2	2010002	中国传统文化	张建	32.0000	5	高等教育	人文	.F.
6	2010006	考研英语	刘香玲	28.0000	20	水利水电	英语	.F.
8	2010009	翻译365	冯庆华	32.0000	9	人民教育	英语	.T.
1	2010001	英汉互译实践与技巧	许建平	38.0000	12	清华大学	英语	.T.
4	2010004	汉英翻译基础教程	冯庆华	48.0000	20	高等教育	英语	.T.

图 5-6 实验结果

在默认路径中可以查看到建立的单索引文件,文件扩展名为.IDX。

【实验 5-2】 结构复合索引文件的建立和使用

(1) 以"图书信息"表为例,按图书编号降序建立结构复合索引标识。
在"命令"窗口中依次输入如下命令,并按回车键。

```
CLEAR
USE 图书信息
INDEX ON 图书编号 TAG 编号降序 DESCENDING
LIST FIELDS 图书编号,图书名称,作者
```

显示结果如图 5-7 所示。

(2) 以"图书信息"表为例,按出版社升序排序,再按数量升序建立结构复合索引标识。

```
INDEX ON 出版社+STR(数量) TAG 出版社数量
LIST FIELDS 图书编号,出版社,数量
USE
```

显示结果如图 5-8 所示。

记录号	图书编号	图书名称	作者
9	2010010	一级MS Office教程	谭浩强
8	2010009	翻译365	冯庆华
7	2010008	C语言程序设计	谭浩强
6	2010006	考研英语	刘香玲
5	2010005	中国旅游文化	刘秀峰
4	2010004	汉英翻译基础教程	冯庆华
3	2010003	平面设计技术	谭浩强
2	2010002	中国传统文化	张建
1	2010001	英汉互译实践与技巧	许建平

图 5-7 实验结果

记录号	图书编号	出版社	数量
2	2010002	高等教育	5
4	2010004	高等教育	20
9	2010010	清华大学	5
1	2010001	清华大学	12
7	2010008	清华大学	30
8	2010009	人民教育	9
5	2010005	人民邮电	6
3	2010003	人民邮电	20
6	2010006	水利水电	20

图 5-8 实验结果

在默认路径中可以查看到建立的结构复合引文件,图书信息.CDX,建立的结构复合索引标识都保存在该文件里。

【实验 5-3】 非结构复合索引文件的建立和使用

(1) 以"图书信息"表为例,按作者降序建立非结构复合索引标识。
在"命令"窗口中依次输入如下命令,并按回车键。

```
CLEAR
USE 图书信息
INDEX ON 作者 TAG 作者降序 OF 非结构复合索引1 DESCENDING
LIST FIELDS 图书编号,图书名称,作者
```

显示结果如图 5-9 所示。

（2）以"图书信息"表为例，先按是否借出降序建立非结构复合索引标识。

在"命令"窗口中依次输入如下命令，并按回车键。

```
INDEX ON 是否借出 TAG 是否借出 OF 非结构复合索引 2  DESCENDING
LIST  FIELDS 图书编号,图书名称,是否借出
USE
```

显示结果如图 5-10 所示。

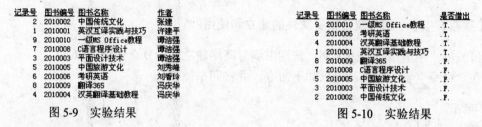

记录号	图书编号	图书名称	作者
2	2010002	中国传统文化	张建
1	2010001	英汉互译实践与技巧	许建平
9	2010010	一级MS Office教程	谭浩强
7	2010008	C语言程序设计	谭浩强
3	2010003	平面设计技术	谭浩强
5	2010005	中国旅游文化	刘秀峰
6	2010006	考研英语	刘香玲
8	2010009	翻译365	冯庆华
4	2010004	汉英翻译基础教程	冯庆华

图 5-9　实验结果

记录号	图书编号	图书名称	是否借出
9	2010010	一级MS Office教程	.T.
6	2010006	考研英语	.T.
4	2010004	汉英翻译基础教程	.T.
1	2010001	英汉互译实践与技巧	.T.
8	2010009	翻译365	.F.
7	2010008	C语言程序设计	.F.
5	2010005	中国旅游文化	.F.
3	2010003	平面设计技术	.F.
2	2010002	中国传统文化	.F.

图 5-10　实验结果

在默认路径中可以查看到建立的非结构复合索引文件，非结构复合索引 1.CDX 和非结构复合索引 2.CDX。

【实验 5-4】　索引文件的操作

以"图书信息"表为例，练习索引文件的操作，具体实验步骤如下。

（1）打开"图书信息"表，同时打开单索引文件：分类升序、数量升序、价格降序，使数量升序为主控索引，然后关闭表。

在"命令"窗口中依次输入如下命令，并按回车键。

```
CLEAR
USE 图书信息 INDEX 数量升序,分类升序,价格降序;
LIST 图书编号,数量,分类,价格
USE
```

显示结果如图 5-11 所示。

（2）打开"图书信息"表，同时打开借出降序和出版社分类，并指定结构复合索引文件中的出版社数量为主控索引，并强制以降序排序。

```
CLEAR
USE 图书信息 INDEX 借出降序,出版社分类;
ORDER TAG 出版社数量 DESCENDING
LIST  出版社,数量,分类,是否借出
```

显示结果如图 5-12 所示。

记录号	图书编号	数量	分类	价格
2	2010002	5	人文	32.0000
9	2010010	5	计算机	23.0000
5	2010005	6	人文	25.0000
8	2010009	9	英语	32.0000
1	2010001	12	英语	38.0000
3	2010003	20	计算机	33.0000
4	2010004	20	英语	48.0000
6	2010006	20	英语	28.0000
7	2010008	30	计算机	29.0000

图 5-11　实验结果

记录号	出版社	数量	分类	是否借出
6	水利水电	20	英语	.T.
3	人民邮电	20	计算机	.F.
5	人民邮电	6	人文	.F.
8	人民教育	9	英语	.F.
7	清华大学	30	计算机	.T.
1	清华大学	12	英语	.T.
9	清华大学	5	计算机	.T.
4	高等教育	20	英语	.T.
2	高等教育	5	人文	.F.

图 5-12　实验结果

（3）打开非结构复合索引 1 和借出降序，并指定非结构复合索引文件中的作者降序为主控索引。

```
CLEAR
SET INDEX TO 借出降序,非结构复合索引1;
ORDER TAG 作者降序 OF 非结构复合索引1
LIST 图书编号,图书名称,作者,是否借出
```

显示结果如图 5-13 所示。

（4）重新指定借出降序为主控索引。

```
CLEAR
SET ORDER TO 借出降序
LIST 图书编号,图书名称,作者,是否借出
```

显示结果如图 5-14 所示。

记录号	图书编号	图书名称	作者	是否借出
2	2010002	中国传统文化	张建	.F.
1	2010001	英汉互译实践与技巧	许建平	.T.
9	2010010	一级MS Office教程	谭浩强	.T.
7	2010008	C语言程序设计	谭浩强	.F.
3	2010003	平面设计技术	谭浩强	.F.
5	2010005	中国旅游文化	刘秀峰	.F.
6	2010006	考研英语	刘香玲	.T.
8	2010009	翻译365	冯庆华	.F.
4	2010004	汉英翻译基础教程	冯庆华	.T.

图 5-13　实验结果

记录号	图书编号	图书名称	作者	是否借出
1	2010001	英汉互译实践与技巧	许建平	.T.
4	2010004	汉英翻译基础教程	冯庆华	.T.
6	2010006	考研英语	刘香玲	.T.
9	2010010	一级MS Office教程	谭浩强	.T.
2	2010002	中国传统文化	张建	.F.
3	2010003	平面设计技术	谭浩强	.F.
5	2010005	中国旅游文化	刘秀峰	.F.
7	2010008	C语言程序设计	谭浩强	.F.
8	2010009	翻译365	冯庆华	.F.

图 5-14　实验结果

（5）重新制定编号降序为主控索引。

```
CLEAR
SET ORDER TO TAG 编号降序
LIST 图书编号,图书名称,作者,是否借出
```

显示结果如图 5-15 所示。

（6）关闭所有单索引文件和非结构复合索引文件。

```
CLEAR
SET INDEX TO
LIST 图书编号,图书名称,作者,是否借出
```

显示结果如图 5-16 所示。

记录号	图书编号	图书名称	作者	是否借出
9	2010010	一级MS Office教程	谭浩强	.T.
8	2010009	翻译365	冯庆华	.F.
7	2010008	C语言程序设计	谭浩强	.F.
6	2010006	考研英语	刘香玲	.T.
5	2010005	中国旅游文化	刘秀峰	.F.
4	2010004	汉英翻译基础教程	冯庆华	.T.
3	2010003	平面设计技术	谭浩强	.F.
2	2010002	中国传统文化	张建	.F.
1	2010001	英汉互译实践与技巧	许建平	.T.

图 5-15　实验结果

记录号	图书编号	图书名称	作者	是否借出
1	2010001	英汉互译实践与技巧	许建平	.T.
2	2010002	中国传统文化	张建	.F.
3	2010003	平面设计技术	谭浩强	.F.
4	2010004	汉英翻译基础教程	冯庆华	.T.
5	2010005	中国旅游文化	刘秀峰	.F.
6	2010006	考研英语	刘香玲	.T.
7	2010008	C语言程序设计	谭浩强	.F.
8	2010009	翻译365	冯庆华	.F.
9	2010010	一级MS Office教程	谭浩强	.T.

图 5-16　实验结果

【实验5-5】　顺序查询和索引查询

（1）以"图书信息"表为例，使用 LOCATE 查找人文类图书信息，具体实验步骤如下。

在"命令"窗口中依次输入如下命令，并按回车键。

```
CLEAR
USE 图书信息
LOCATE FOR 分类="人文"              &&指针指向第一条满足条件的记录
DISP
CONTINUE                          &&使指针指向下一条满足条件记录
DISP
```

（2）以"图书信息"表为例，使用 FIND 和 SEEK 查找人文类图书信息，并体会与 LOCATE 命令之间的差别。

在"命令"窗口中依次输入如下命令，并按回车键。

```
SET  INDEX  TO 分类升序
FIND 人文                          &&指针指向第一条满足条件的记录
DISP
SKIP                             &&指针向下移动一条记录
DISP

SEEK "人文"                       &&指针指向第一条满足条件的记录
DISP
SKIP                             &&指针向下移动一条记录
DISP
```

两组命令输出实验结果相同，如图 5-17 所示。

记录号	图书编号	图书名称	作者	价格	数量	出版社	分类	是否借出
2	2010002	中国传统文化	张建	32.0000	5	高等教育	人文	.F.
记录号	图书编号	图书名称	作者	价格	数量	出版社	分类	是否借出
5	2010005	中国旅游文化	刘秀峰	25.0000	6	人民邮电	人文	.F.

图 5-17　实验结果

【实验5-6】　永久性关系和参照完整性

（1）创建"图书信息"表和"借阅信息"表的永久性关系，具体实验步骤如下。

① 选择"文件"→"打开"命令，打开"图书管理"数据库设计器，如图 5-18 所示。

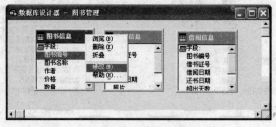

图 5-18　数据库设计器

实验结果如图 5-25 所示。

建立完关联,当父表指针移动时,子表的记录指针将会定位在与父表关联表达式值相同的第一条记录上。

记录号	借书证号	姓名	性别	Jyxx->图书编号
1	1	王兰	女	2010010

记录号	借书证号	姓名	性别	Jyxx->图书编号
4	4	王思成	男	2010004

图 5-25　实验结果

三、能力测试

1. 以"读者信息"表为例,练习索引文件的建立和使用。

(1)按性别升序建立单索引文件。

(2)按姓名和办证日期升序建立单索引文件。

(3)按借书证号降序建立结构复合索引标识。

(4)按办证日期降序建立非结构复合索引标识。

(5)使用建立的索引显示表中的记录。

2. 使用 FIND 和 SEEK 查找"高等教育"出版社出版图书的信息。

3. 创建"读者信息"表和"借阅信息"表的永久性关系,并设置参照完整性。

4. 以"图书信息"表和"借阅信息"表为例,练习表间关联的建立和使用。

实验六　查询与视图

一、实验目的

(1)掌握使用查询向导创建查询。

(2)掌握使用查询设计器创建查询。

(3)掌握单表和多表的查询方法。

(4)学会多条件查询。

(5)掌握使用视图向导创建视图。

(6)掌握使用视图设计器创建视图。

二、实验内容

【实验 6-1】　用查询向导创建查询

使用查询向导创建查询文件"图书信息查询.QPR",查询清华大学出版社的"图书编号"、"图书名称"、"价格"、"数量"和"出版社"等信息,按图书编号升序排序。

具体实验步骤如下。

(1)选择"文件"→"新建"命令,进入"新建"对话框,选择"查询"单选按钮,单击"向导"按钮,弹出"向导选取"对话框,如图 6-1 所示。

(2)在向导选取对话框中选择"查询向导",单击"确定"按钮,弹出查询向导"步骤 1-字段选取"对话框。在"数据库和表"列表框中选择"图书信息"表,在"可用字段"

列表中选择"图书编号"字段，单击 ▶ 按钮，将其添加到的"选定字段"列表中。重复此操作，将"图书名称"、"价格"、"数量"和"出版社"字段添加到的"选定字段"列表中，如图 6-2 所示，完成字段选取操作。

图 6-1　向导选取

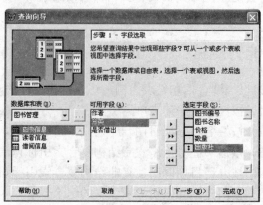
图 6-2　字段选取

（3）单击"下一步"按钮，弹出查询向导的"步骤 3-筛选记录"对话框，分别在"字段"、"操作符"下拉列表框中选定"图书信息.出版社"和"等于"，在"值"文本框中输入"清华大学"，如图 6-3 所示，完成记录筛选操作。

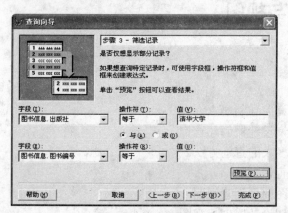
图 6-3　筛选记录

（4）单击"下一步"按钮，弹出查询向导的"步骤 4-排序记录"对话框，选择"可用字段"列表中的"图书信息.图书编号"字段，单击"添加"按钮，将"图书信息.图书编号"添加到"选定字段"列表中。然后选中"升序"单选按钮，使新建查询中的记录按"图书信息"表中的"图书编号"升序排序。如图 6-4 所示。

（5）单击"下一步"按钮，弹出查询向导的"步骤 4a-限制记录"对话框，如图 6-5 所示，在这个对话框中，有两组选项：

① 在"部分类型"选项区域中，如果选中"所占记录百分比"单选按钮，则"数量"选项区域中的"部分值"选项将决定选取的记录的百分比数；如果选中"记录号"单选按钮，则"数量"选项区域中的"部分值"选项将决定选取的记录数。

② 选中"数量"选项区域中的"所有记录"单选按钮，将显示满足前面所设条件的所有记录。

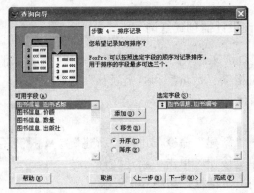

图 6-4 排序记录

本例中，选择"所有记录"单选按钮，单击"预览"按钮，可查看查询设计的效果。

（6）单击"下一步"按钮，弹出查询向导的"步骤 5-完成"对话框，如图 6-6 所示。

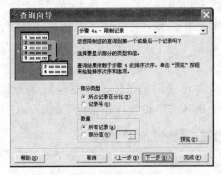

图 6-5 限制记录

图 6-6 完成

选项具体说明如下。

① 保存查询。将所设计的查询保存，以后在项目管理器或程序中运行。

② 保存并运行查询。将所设计的查询保存，并运行该查询。

③ 保存查询并在"查询设计器"修改。将所设计的查询保存，同时打开查询设计器修改该查询。

本例中，选择"保存并运行查询"单选按钮。

（7）单击"完成"按钮，将弹出"另存为"对话框，如图 6-7 所示。

运行结果如图 6-8 所示。

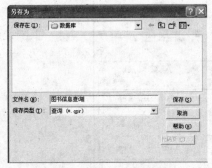

图 6-7 "另存为"对话框

图 6-8 查询运行结果

【实验 6–2】　用查询设计器创建查询

使用查询设计器创建查询文件"图书信息查询 1.QPR"，查询清华大学出版社的"图书编号"、"图书名称"、"价格"、"数量"和"出版社"等信息，按图书编号升序排序。

具体实验步骤如下。

（1）选择"文件"→"新建"命令，进入"新建"对话框，选择"查询"单选按钮，单击"新建文件"按钮，打开"添加表或视图"对话框，如图 6-9 所示。

（2）在"添加表或视图"对话框中选择"图书信息"表，添加到查询设计器中，单击"关闭"按钮，进入查询设计器。

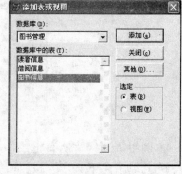

图 6-9　添加表或视图对话框

（3）在查询设计器的"字段"选项卡中，在"可用字段"列表中选择"图书信息.图书编号"、"图书信息.图书名称"、"图书信息.价格"、"图书信息.数量"、"图书信息.出版社"，分别单击"添加"按钮，将这些字段添加到"选定字段"列表中。如图 6-10 所示。

（4）打开"筛选"选项卡，在"筛选"选项卡中设置筛选条件，如图 6-11 所示。

（5）打开"排序依据"选项卡，在"排序依据"选项卡中设置排序依据，如图 6-12 所示。

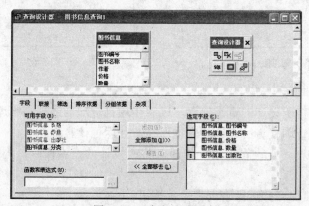

图 6-10　"字段"选项卡

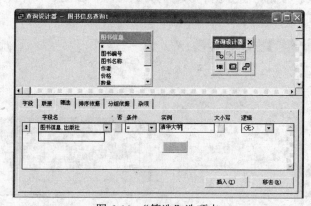

图 6-11　"筛选"选项卡

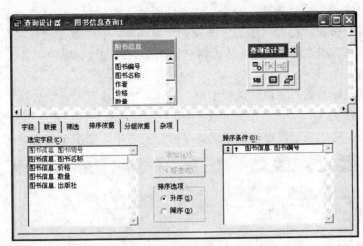

图 6-12 "排序依据"选项卡

（6）打开"分组"选项卡，在这里不进行分组，使用默认值；打开"联接"选项卡，由于不用设置联接条件，使用默认值。

（7）打开"杂项"选项卡，查询设计器的"杂项"选项卡中的设置，如图 6-13 所示。

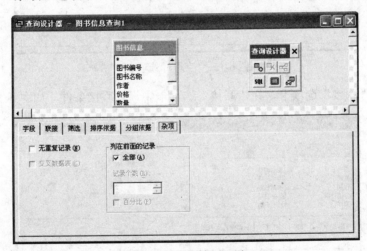

图 6-13 "杂项"选项卡

（8）在查询设计器上右击，在弹出的快捷菜单中选择"运行查询"命令，查询结果如图 6-14 所示。

【实验 6-3】 创建多表的查询

使用查询设计器创建查询文件"读者借阅查询.QPR"，依据"读者信息"表和"借阅信息"表，查询所有男同志的读者借阅信息。在查询中输出的字段包括"借阅证号"、"姓名"、"性别"和"借阅日期"，要求输出结果按借书证号升序排序。

具体实验步骤如下。

图 6-14 查询运行结果

（1）选择"文件"→"新建"命令，进入"新建"对话框，选择"查询"单选按钮，单击"新建文件"按钮，打开"添加表或视图"对话框，在"添加表或视图"对话框中分别选择"读者信息"和"借阅信息"表，将它们添加到查询设计器中，单击"关闭"按钮，进入查询设计器。

（2）在查询设计器的"字段"选项卡中，在"可用字段"列表中选择"读者信息.借书证号"、"读者信息.姓名"、"读者信息.性别"和"借阅信息.借阅日期"，每选择一个分别单击"添加"按钮，将这些字段添加到"选定字段"列表中，如图 6-15 所示。

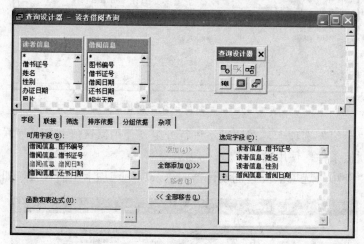

图 6-15 "字段"选项卡

（3）打开"联接"选项卡，在"联接"选项卡中设置联接条件，如图 6-16 所示。

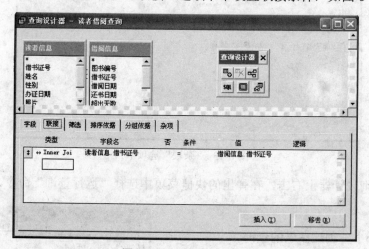

图 6-16 "联接"选项卡

（4）打开"筛选"选项卡，在"筛选"选项卡中设置筛选条件，如图 6-17 所示。

（5）打开"排序依据"选项卡，在"排序依据"选项卡中设置排序依据，如图 6-18 所示。

（6）"分组"和"杂项"选项卡，使用默认值。

（7）在查询设计器上右击，在弹出的快捷菜单中选择"运行查询"命令，查询结果如图 6-19 所示。

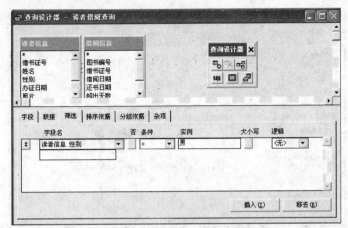

图 6-17 "筛选"选项卡

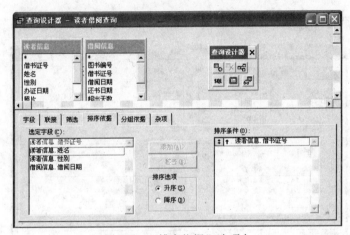

图 6-18 "排序依据"选项卡

【实验 6-4】 设置多个条件的查询

图 6-19 查询运行结果

使用查询设计器创建查询文件"读者借阅图书查询.QPR",依据"图书信息表"、"读者信息"表和"借阅信息"表,查询办证日期在 2010 年 1 月 1 号之前并且性别为"男"的所借图书名称。在查询中输出的字段包括"姓名"、"性别"、"办证日期"和"图书名称"。

具体实验步骤如下。

(1)选择"文件"→"新建"命令,进入"新建"对话框,选择"查询"单选按钮,单击"新建文件"按钮,打开"添加表或视图"对话框,在"添加表或视图"对话框中分别选择"读者信息"、"图书信息"表和"借阅信息"表,将它们添加到查询设计器中,单击"关闭"按钮,进入查询设计器。

(2)在查询设计器的"字段"选项卡中,在"可用字段"列表中选择"读者信息.姓名"、"读者信息.性别"、"读者信息.办证日期"和"图书信息.图书名称",每选择一个分别单击"添加"按钮,将这些字段添加到"选定字段"列表中,如图 6-20 所示。

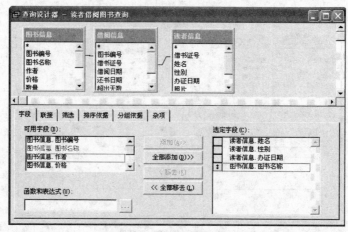

图 6-20 "字段"选项卡

（3）打开"联接"选项卡，在"联接"选项卡中设置联接条件，如图 6-21 所示。

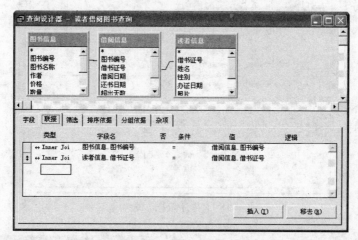

图 6-21 "联接"选项卡

（4）打开"筛选"选项卡，在"筛选"选项卡中设置筛选条件，如图 6-22 所示。

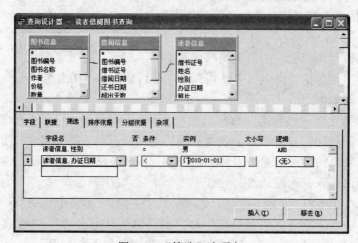

图 6-22 "筛选"选项卡

（5）"排序依据"、"分组"和"杂项"选项卡，使用默认值。

（6）在查询设计器上右击，在弹出的快捷菜单中选择"运行查询"命令，查询结果如图 6-23 所示。

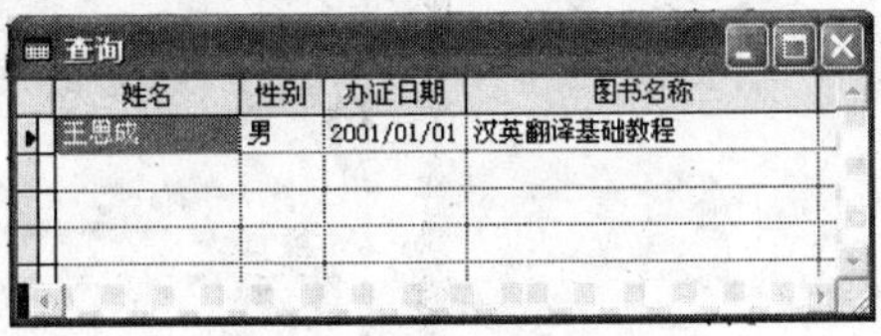

图 6-23　查询运行结果

【实验 6-5】　创建计算字段的查询

使用查询设计器创建查询文件"图书总价查询.QPR"，在图书信息表中查询每种图书的总价，其中总价=价格*数量，包含字段有"图书编号"、"图书名称"、"出版社"和"总价"，并按总价降序排序。

具体实验步骤如下。

（1）选择"文件"→"新建"命令，进入"新建"对话框，选择"查询"单选按钮，单击"新建文件"按钮，打开"添加表或视图"对话框，在"添加表或视图"对话框中选择"图书信息"表，将它添加到查询设计器中，单击"关闭"按钮，进入查询设计器。

（2）在查询设计器的"字段"选项卡中，在"可用字段"列表中选择"图书信息.图书编号"、"图书信息.图书名称"和"图书信息.出版社"，每选择一个分别单击"添加"按钮，将这些字段添加到"选定字段"列表中，如图 6-24 所示。

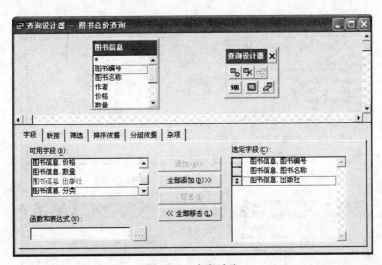

图 6-24　字段选取

（3）可用字段中并没有"总价"，需要在左下角的函数和表达式中输入或是打开表达式生成器，输入正确的表达式：图书信息.价格 * 图书信息.数量 AS 总价，如图 6-25 所示。

（4）单击"确定"按钮，并添加到选定字段，如图 6-26 所示。

（5）打开"排序依据"选项卡，在"排序依据"选项卡中设置排序依据，如图 6-27 所示。

（6）其他的"联接"、"筛选"、"分组依据"和"杂项"选项卡，使用默认值。

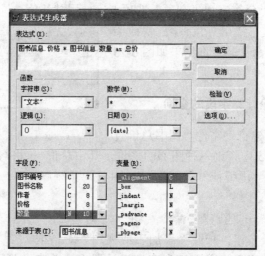

图 6-25　表达式生成器

图 6-26　添加生成表达式到选定字段

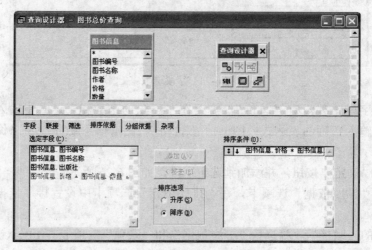

图 6-27　"排序依据"选项卡

（7）运行查询，查询结果如图 6-28 所示。

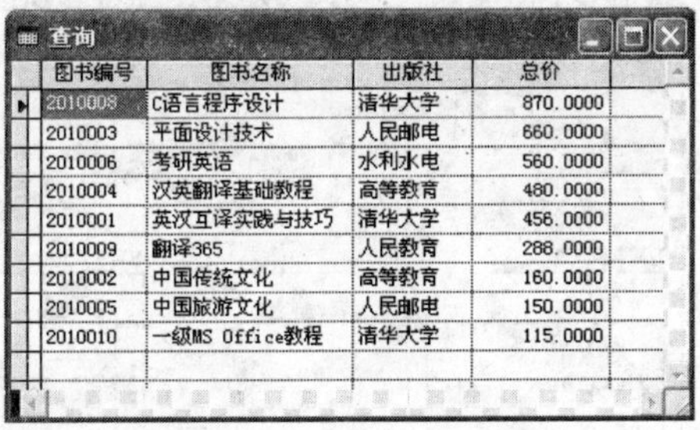

【实验 6-6】 查询去向设置

将【实验 6-5】中"图书总价查询"的查询
结果输出到"e:\图书管理\图书总价查询.DBF"数
据表文件中。

具体实验步骤如下。

（1）打开"图书总价查询"查询，进入查询
设计器。

图 6-28 查询运行结果

（2）单击"查询设计器"工具栏中的"查询去向"按钮或在系统菜单中选择"查询"→
"查询去向"命令，弹出"查询去向"对话框，其中共包含 7 个查询去向，系统默认是
"浏览"。

（3）根据要求选择"表"查询去向，在"表名"文本框中输入"e:\图书管理\图书总价
查询"，如图 6-29 所示。然后单击"确定"按钮，回到查询设计器，运行查询，此时没有
查询结果显示。

（4）选择"文件"→"打开"命令，打开"e:\图书管理\图书总价查询.DBF"表文件，
浏览该表结果如图 6-30 所示。

图 6-29 查询去向

图 6-30 浏览表结果

【实验 6-7】 使用视图向导创建视图

使用视图向导建立视图，用于查询"清华大学"出版社的图书编号、图书名称、价格
和数量，显示结果按图书编号降序排序，视图名为"清华大学出版社"。

具体实验步骤如下。

（1）在项目管理器的"数据"选项卡中，选择"本地视图"。

（2）单击"新建"按钮，弹出"新建本地视图"对话框。

（3）单击"视图向导"按钮，启动本地视图向导。

（4）选择图书信息表，然后将图书编号、图书名称、价格、数量和出版社字段从"可
用字段"列表框移到"选定字段"列表框，如图 6-31 所示。

（5）单击"下一步"按钮，确定是否筛选记录。这里字段列表框选择"图书信息.出版
社"，操作符选择"等于"，值为"清华大学"，如图 6-32 所示。

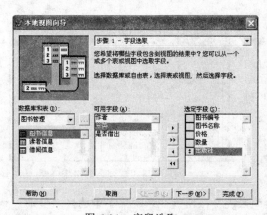

图 6-31　字段选取　　　　　　　　　　　　　图 6-32　筛选记录

（6）单击"下一步"按钮，确定如何进行排序，这里从可用字段中选择"图书信息.图书编号"添加到选定字段，并按降序排序，如图 6-33 所示。

（7）单击"下一步"按钮，确定是否对记录进行限制，取默认设置。单击"下一步"按钮，进入"本地视图向导"的完成对话框，如图 6-34 所示。

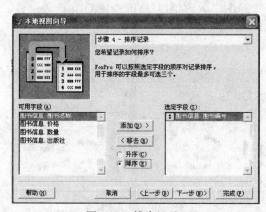

图 6-33　排序记录　　　　　　　　　　　　　图 6-34　完成

（8）单击"预览"按钮，预览视图，如图 6-35 所示。

（9）单击"完成"按钮，保存视图名为"清华大学出版社"，如图 6-36 所示。

图 6-35　预览视图　　　　　　　　　　　　　图 6-36　保存视图

【实验 6-8】　使用视图设计器创建视图

使用视图设计器建立图书信息，借阅信息，读者信息三个表关联的视图。用于查询"李苗苗"的办证日期，所借图书的图书编号，图书名称，还书日期。显示结果按图书编号降序排序，视图名为"多表视图"。

具体实验步骤如下。

（1）在项目管理器的"数据"选项卡中，选择"本地视图"。

（2）单击"新建"按钮，弹出"新建本地视图"对话框。

（3）单击"新建视图"按钮，添加读者信息表、借阅信息表和图书信息表。

（4）在视图设计器对话框中选择"字段"选项卡，在"可用字段"列表框中选定"图书信息.图书编号"字段，再单击"添加"按钮，把该字段添加到"选定字段"列表框中。重复此操作，依次将"图书名称"、"姓名"、"还书日期"等字段添加到"选定字段"列表框中，即完成选取字段操作，如图 6-37 所示。

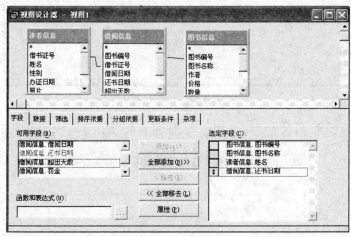

图 6-37　字段选取

（5）打开"筛选"选项卡，在"字段名"下拉列表中选择"读者信息.姓名"，在条件下拉列表中选择"="，在"实例"文本框中输入"李苗苗"，即完成筛选条件的设置，如图 6-38 所示。

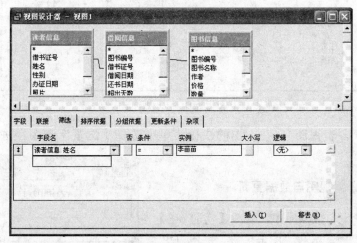

图 6-38　筛选条件

（6）打开"排序依据"选项卡，在"选定字段"列表框中选择"图书信息.图书编号"，单击"添加"按钮，将其添加到"排序条件"列表框中，并在"排序选项"中选定"降序"

单选按钮，即完成排序操作，如图 6-39 所示。

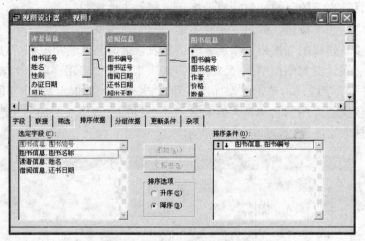

图 6-39　排序依据

（7）保存视图，视图名为"多表视图"，如图 6-40 所示。

图 6-40　保存视图

（8）在"图书管理"数据库设计器窗口中可看到新建的"多表视图"，如图 6-41 所示。

图 6-41　数据库中显示视图字段列表

（9）右击"多表视图"，在弹出的快捷菜单中选择"浏览"命令，进入浏览窗口，如图 6-42 所示。

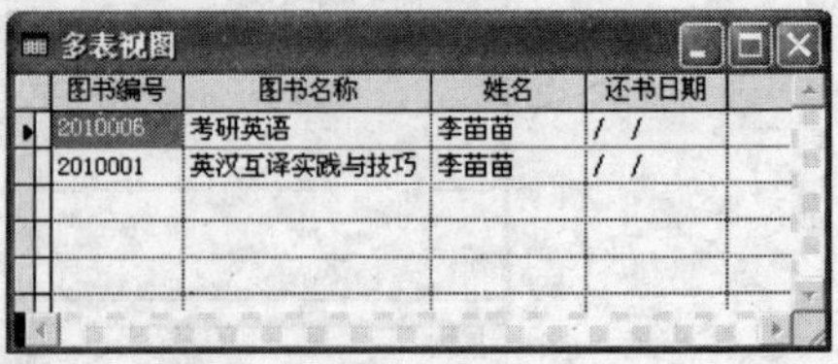

【实验 6–9】　视图与数据更新

在"图书管理"数据库中，修改【实验 6-8】所创建的"多表视图"，使"图书名称"字段可更新，在视图中更改"考研英语"为"教研英语词汇"，并将更新发送回源表，打开"读者信息"表，观察表中数据的变化。

具体实验步骤如下。

图 6-42　浏览"多表视图"

（1）打开"图书管理"数据库，在数据库设计器窗口中选择"多表视图"，单击"数据库设计器工具栏"中的 按钮，打开"视图设计器"窗口。

（2）打开"更新条件"选项卡，设置关键字段及可更新字段，并选中"发送 SQL 更新"复选框，如图 6-43 所示。

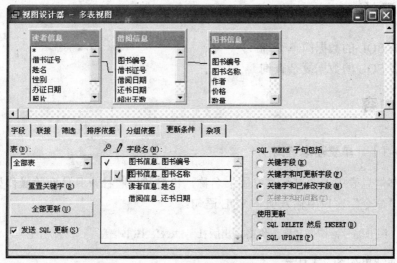

图 6-43　设置更新条件

设置关键字段及可更新字段，可采取以下方法。

① 在"图书信息"表中，以"图书编号"作为主关键字建立索引，所以在"关键列"（即"钥匙形"列）下面的"图书编号"前面有"√"号。可以通过单击"钥匙形"列来设置或取消关键字段。

② 单击字段名前面的"可更新列"（即"笔形"列），使相应字段名前面出现"√"号，表示该字段可更新。如果想使表中的所有字段可更新，可以单击"全部更新"按钮，使所有字段可更新。

（3）关闭"视图设计器"，将所做更改保存在"多表视图"视图中。

（4）浏览"多表视图"视图，将"图书名称"中的"考研英语"字段值更改为"考研英语词汇"。

（5）选择"图书信息"表，单击 按钮，在浏览窗口中查看更新结果。

三、能力测试

1．使用查询设计器创建查询文件"查询 1.QPR"，查询人民邮电出版社的"图书编号"、"图书名称"、"价格"、"数量"和"出版社"等信息，按图书编号降序排序。

2．使用查询设计器创建查询文件"查询2.QPR"，查询"王兰"的办证日期、所借图书的"图书编号"、"图书名称"和"出版社"，并将查询结果输出到"查询王兰.DBF"数据表文件中。

3．使用视图设计器建立视图"视图 1"。用于查询"王思成"的"办证日期"，所借图书的"图书编号"，"图书名称"，"价格"，"还书日期"，显示结果按图书编号升序排序。

实验七　SQL 数据查询

一、实验目的

（1）掌握 SQL 的数据简单查询。

（2）掌握 SQL 的数据复杂查询。

二、实验内容

【实验 7-1】　单表基本查询

查询图书信息表中的图书编号，图书名称，价格和出版社，具体实验操作如下。

（1）在"命令"窗口中输入如下 SQL 语句：

```
SELECT 图书编号，图书名称，价格，出版社　FROM 图书信息
```

（2）查询结果如图 7-1 所示。

【实验 7-2】　单表条件查询

查询性别为女的读者信息，具体实验步骤如下。

（1）在"命令"窗口中输入如下 SQL 语句：

```
SELECT * FROM 读者信息 WHERE 性别="女"
```

（2）查询结果如图 7-2 所示。

图书编号	图书名称	价格	出版社
2010001	英汉互译实践与技巧	38.0000	清华大学
2010002	中国传统文化	32.0000	高等教育
2010003	平面设计技术	33.0000	人民邮电
2010004	汉英翻译基础教程	48.0000	高等教育
2010005	中国旅游文化	25.0000	人民邮电
2010006	考研英语	28.0000	水利水电
2010008	C语言程序设计	29.0000	清华大学
2010009	翻译365	32.0000	人民教育
2010010	一级MS Office教程	23.0000	清华大学

图 7-1　单表基本查询

借书证号	姓名	性别	办证日期	照片	备注
1	王兰	女	2001/01/01	Gen	Memo
2	李苗苗	女	2001/01/01	Gen	Memo
3	张丽	女	2009/12/06	Gen	memo
7	李艳	女	2006/05/03	gen	memo

图 7-2　单表条件查询

【实验 7-3】　统计查询

查询图书信息表中清华大学出版社的图书编号、图书名称和平均价格，具体实验步骤如下。

（1）在"命令"窗口中输入如下 SQL 语句：

```
SELECT　图书编号，图书名称，AVG(价格) AS 平均价格；
FROM　图书信息；
WHERE　出版社="清华大学"
```

（2）查询结果如图 7-3 所示。

【实验 7-4】　带特殊运算符的查询

查询图书信息表中价格在 30~40 之间的图书名称和价格，具体实验步骤如下。

（1）在"命令"窗口中输入如下 SQL 语句：

```
SELECT　图书名称，价格 FROM　图书信息；
WHERE　价格 BETWEEN 30 AND 40
```

（2）查询结果如图 7-4 所示。

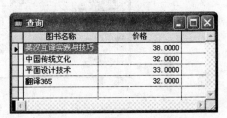

图书编号	图书名称	平均价格
2010010	一级MS Office教程	30.0000

图 7-3　统计查询

图书名称	价格
英汉互译实践与技巧	38.0000
中国传统文化	32.0000
平面设计技术	33.0000
翻译365	32.0000

图 7-4　带特殊运算符的查询

【实验 7-5】　查询的排序

查询图书信息表全部信息，查询结果按出版社升降排序，出版社相同的再按数量降序排序，具体实验步骤如下。

（1）在"命令"窗口中输入如下 SQL 语句：

```
SELECT　*　FROM　图书信息 ORDER BY 出版社，数量 DESC
```

（2）查询结果如图 7-5 所示。

图书编号	图书名称	作者	价格	数量	出版社	分类	是否借出
2010004	汉英翻译基础教程	冯庆华	48.0000	10	高等教育	英语	T
2010002	中国传统文化	张建	32.0000	5	高等教育	人文	F
2010008	C语言程序设计	谭浩强	29.0000	30	清华大学	计算机	F
2010001	英汉互译实践与技巧	许建平	38.0000	12	清华大学	英语	F
2010010	一级MS Office教程	谭浩强	23.0000	5	清华大学	计算机	T
2010009	翻译365	冯庆华	32.0000	9	人民教育	英语	F
2010003	平面设计技术	谭浩强	33.0000	20	人民邮电	计算机	F
2010005	中国旅游文化	刘秀峰	25.0000	6	人民邮电	人文	F
2010006	考研英语	刘香玲	28.0000	20	水利水电	英语	T

图 7-5　查询的排序

【实验 7-6】　分组与计算查询

在"图书信息"表中，查询各个出版社的图书名称、最高价格、最低价格和数量总和，具体实验步骤如下。

（1）在"命令"窗口中输入如下 SQL 语句：

```
SELECT 图书名称,出版社,MAX(价格) AS 最高价格,;
MIN(价格) AS 最低价格,;
SUM(数量) AS 数量总和;
FROM 图书信息;
GROUP BY 出版社
```

（2）查询结果如图 7-6 所示。

图书名称	出版社	最高价格	最低价格	数量总和
汉英翻译基础教程	高等教育	48.0000	32.0000	15
一级MS Office教程	清华大学	38.0000	23.0000	47
翻译365	人民教育	32.0000	32.0000	9
中国旅游文化	人民邮电	33.0000	25.0000	26
考研英语	水利水电	28.0000	28.0000	20

图 7-6　分组与计算查询

【实验 7-7】　多表连接查询

查询"李苗苗"所借的图书名称和借阅日期，具体实验步骤如下。

（1）在"命令"窗口中输入如下 SQL 语句：

```
SELECT 图书名称, 借阅日期 FROM 图书信息, 借阅信息, 读者信息;
WHERE 图书信息.图书编号=借阅信息.图书编号;
AND 借阅信息.借书证号=读者信息.借书证号;
AND 姓名="李苗苗"
```

（2）查询结果如图 7-7 所示。

【实验 7-8】　嵌套查询

查询被罚金额为 100 元的读者姓名，具体实验步骤如下。

（1）在"命令"窗口中输入如下 SQL 语句：

```
SELECT 姓名 FROM 读者信息 WHERE 借书证号 IN;
(SELECT 借书证号 FROM 借阅信息 WHERE 罚金=100)
```

（2）查询结果如图 7-8 所示。

图 7-7　多表连接查询

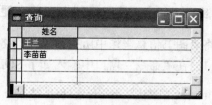

图 7-8　嵌套查询

三、能力测试

1. 查询"读者信息"表中的全部信息。
2. 查询"读者信息"表中性别为"男"并且借阅日期在 2010 年之前的记录信息。
3. 查询"图书信息"表中"人民邮电"出版社的图书编号、图书名称和数量总和。
4. 查询"图书信息"表中每个分类的图书的总额、数量总和。

实验八　SQL 数据更新

一、实验目的

掌握 SQL 的数据修改功能。

二、实验内容

【实验 8-1】　使用 INSERT 语句插入记录

在"图书信息表"中插入一条新记录，具体实验步骤如下。

（1）在"命令"窗口中输入如下 SQL 语句：

```
INSERT INTO 图书信息(图书编号,图书名称,作者,价格,数量,出版社);
VALUES("2010011","大学生创业","前程'",32,100,"未来")
```

（2）打开并浏览"图书信息"表，结果如图 8-1 所示。

图书编号	图书名称	作者	数量	出版社	分类	是否借出	价格
2010004	汉英翻译基础教程	冯庆华	10	高等教育	英语	T	48.0000
2010005	中国旅游文化	刘秀峰	6	人民邮电	人文	F	25.0000
2010006	考研英语	刘香玲	20	水利水电	英语	T	28.0000
2010008	C语言程序设计	谭浩强	30	清华大学	计算机	T	29.0000
2010009	翻译365	冯庆华	9	人民教育	英语	T	32.0000
2010010	一级MS Office教程	谭浩强	5	清华大学	计算机	T	23.0000
2010011	大学生创业	前程	100	未来			32.0000

图 8-1　插入新记录后的图书信息表

【实验 8-2】　使用 UPDATE 语句更新记录

将"图书信息表"中所有图书的价格都加上 1 元，具体实验步骤如下。

（1）在"命令"窗口中输入如下 SQL 语句：

UPDATE 图书信息 SET 价格=价格+1

（2）打开并浏览"图书信息"表，结果如图 8-2 所示。

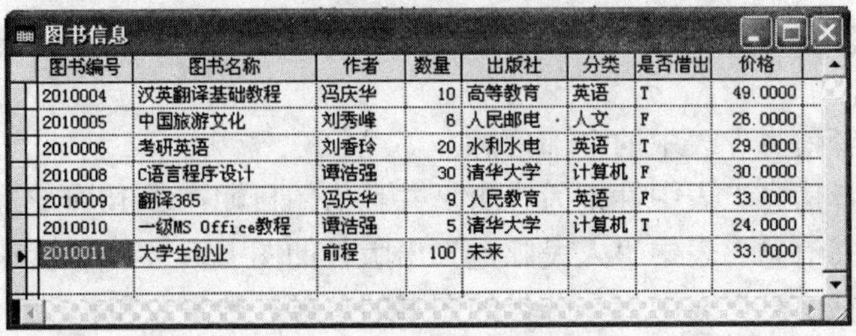

图 8-2　更新后的图书信息表

【实验 8-3】　使用 DELETE 语句删除记录

删除图书信息表中出版社为"未来"的记录信息，具体实验步骤如下。

（1）在"命令"窗口中输入如下 SQL 语句：

DELETE　FROM 图书信息 WHERE 出版社="未来"

（2）打开并浏览"图书信息"表，结果如图 8-3 所示。

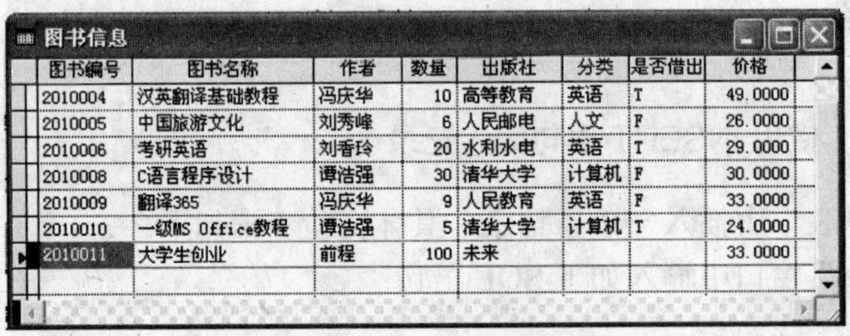

图 8-3　加上删除标记的图书信息表

三、能力测试

1. 使用 INSERT 语句分别向"图书信息"表、"读者信息"表和"借阅信息"表插入一条记录。

2. 使用 UPDATE 语句将"图书信息"表中"清华大学出版社"出版的所有图书的价格都加上 5 元。

3. 删除之前在"图书信息"表、"读者信息"表和"借阅信息"表中插入的记录信息。

实验九　SQL 数据定义

一、实验目的

掌握 SQL 的数据定义功能。

二、实验内容

【实验 9-1】 使用 CREAT TABLE 创建表结构

在"图书管理"数据库中，创建数据库表"职工信息"，结构如下。

职工信息(职工号 C(6),姓名 C(8),性别 C(2),出生日期 D,工资 N(6,1))

其中"职工号"是主索引关键字，"性别"字段的值只能输入"男"或"女"，默认值为"男"，"工资"字段允许为空值，且工资>0。

具体实验步骤如下。

（1）在"命令"窗口中输入如下 SQL 语句：

```
CREAT TABLE 职工信息;
(职工号 C(6)  PRIMARY KEY, 姓名 C(8),;
性别 C(2) CHECK 性别="男" OR 性别="女"  ERROR "性别只能是男或是女!";
DEFAULT "男",;
出生日期 D, 工资 N(6,1)  NULL CHECK 工资>0 )
```

（2）打开并查看"职工信息"表结构，结果如图 9-1 所示。

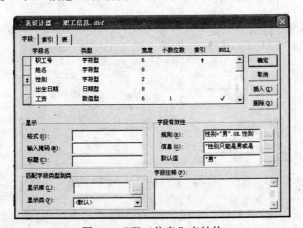

图 9-1　"职工信息"表结构

【实验 9-2】 使用 ALTER TABLE 修改表结构

为"职工信息"表增加字段：部门代码 C(5)，具体实验步骤如下。

（1）在"命令"窗口中输入如下 SQL 语句：

`ALTER TABLE 职工信息 ADD 部门代码 C(5)`

（2）打开并查看"职工情况"表结构，结果如图 9-2 所示。

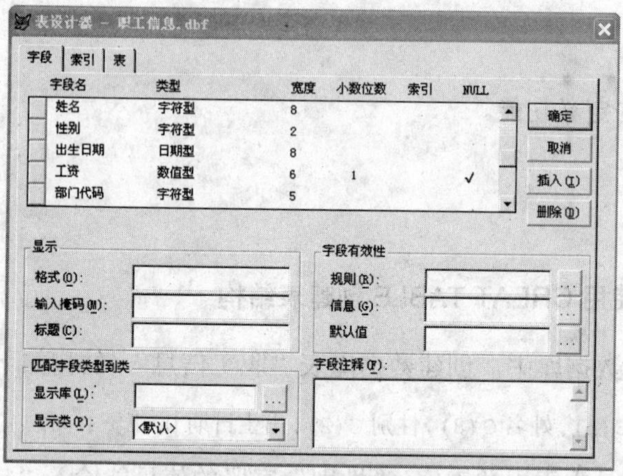

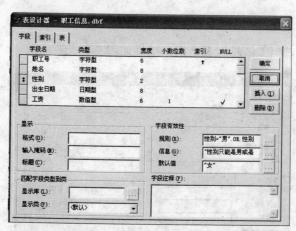

图 9-2 增加部门代码后的"职工信息"表结构

将"职工信息"表中的"性别"字段的默认值改为"女"，具体实验步骤如下。
（1）在"命令"窗口中输入如下 SQL 语句：

`ALTER TABLE 职工信息 ALTER 性别 C(2) DEFAULT "女"`

（2）打开并查看"职工情况"表结构，结果如图 9-3 所示。

图 9-3 修改"性别"默认值后的"职工信息"表结构

将"职工信息"表中的"工资"字段名改为"基本工资"，具体实验步骤如下。
（1）在"命令"窗口中输入如下 SQL 语句：

`ALTER TABLE 职工信息 RENAME 工资 TO 基本工资`

（2）打开并查看"职工情况"表结构，结果如图 9-4 所示。

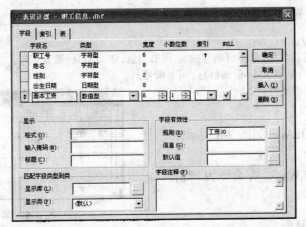

图 9-4 修改为"基本工资"后的"职工信息"表结构

删除"职工信息"表中的"部门代码"字段,具体实验步骤如下。

(1) 在"命令"窗口中输入如下 SQL 语句:

ALTER TABLE 职工信息 DROP 部门代码

(2) 打开并查看"职工情况"表结构,结果如图 9-5 所示。

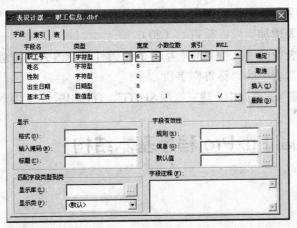

图 9-5 删除"部门代码"后的"职工信息"表结构

【实验 9-3】 使用 DROP 删除表

删除"职工信息"表。在"命令"窗口中输入如下 SQL 语句。

DROP TABLE 职工信息

【实验 9-4】 视图的定义和删除

(1) 定义视图

在"图书管理"数据库中,建立视图 VIEW1,查询性别为女的读者所借的图书名称、借阅日期,具体实验步骤如下。

① 在“命令”窗口中输入如下 SQL 语句：

```
CREATE VIEW VIEW1 AS;
SELECT 性别,图书名称,借阅日期 FROM 图书信息,借阅信息,读者信息;
WHERE 图书信息.图书编号=借阅信息.图书编号;
AND 借阅信息.借书证号=读者信息.借书证号;
AND 性别="女"
```

② 浏览视图 VIEW，如图 9-6 所示。

（2）删除视图

删除视图“VIEW1”。在命令窗口输入如下 SQL 语句。

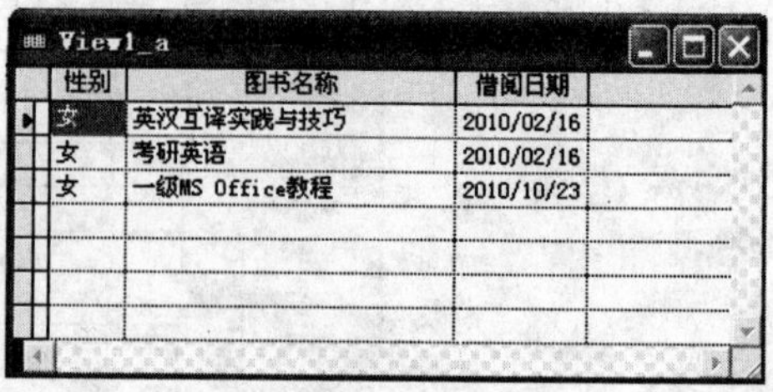

性别	图书名称	借阅日期
女	英汉互译实践与技巧	2010/02/16
女	考研英语	2010/02/16
女	一级MS Office教程	2010/10/23

图 9-6　浏览视图

```
DROP  VIEW  VIEW1
```

三、能力测试

1．使用 CREAT TABLE 创建“学生”表，表结构如下：

学生(学号 C(6),姓名 C(8),性别 C(2),出生日期 D,入校总分 I)

其中“学号”是主索引关键字，“性别”字段的值只能输入“男”或“女”，默认值为“女”，“入校总分”字段不允许为空值，且入校总分＞400。并输入三条记录。

2．为“学生”表增加字段：籍贯 C（20）。

3．将“学生”表中的“入校总分”字段的有效性规则改为入校总分＞420。

4．删除“学生”表中的“籍贯”字段。

5．在“图书管理”数据库中，建立视图 SHITU，查询出版社为“清华大学”的图书信息。

实验十　Visual FoxPro 程序基本结构

一、实验目的

（1）掌握建立、修改、运行程序文件的方法。

（2）掌握程序中的常用命令。

（3）掌握顺序结构的程序设计方法及灵活运用。

（4）掌握分支结构的程序设计方法及灵活运用。

（5）掌握循环结构的程序设计方法及灵活运用。

二、实验内容

【实验 10-1】　建立和运行程序文件

1．使用菜单方式建立程序文件

具体实验步骤如下。

（1）选择"文件"→"新建"命令，在出现的对话框中选择"程序"选项，单击"新建文件"按钮，出现程序文件的编辑窗口，输入如图 10-1（a）所示程序。

(a) 程序 p1 　　　　　　　　(b) 程序 p2

图 10-1　建立程序

（2）选择"文件"→"保存"命令，或单击工具栏上的"保存"按钮，出现"另存为"对话框，文件名称设置为 p1，单击"保存"按钮。

（3）选择"程序"→"执行 p1.prg"命令，或单击工具栏上 ! 按钮，在主窗口查看程序的运行结果。

（4）关闭程序文件的编辑窗口。

2. 使用命令方式建立程序文件

具体实验步骤如下。

（1）在"命令"窗口中输入：MODIFY COMMAND p2 命令，按回车键，也可进入程序文件的编辑窗口，输入如图 10-1（b）所示程序。

（2）按 Ctrl+W 组合键保存程序文件，返回命令窗口。

（3）在命令窗口中输入 DO p2，按回车键，观察窗口右上角程序运行结果。

【实验 10-2】　修改程序文件

1. 使用菜单方式修改程序文件

具体实验步骤如下。

（1）选择"文件"→"打开"命令，出现的"打开"对话框，在"文件类型"中选择程序，然后选择 p1.prg 选项，单击"确定"按钮，出现程序文件的编辑窗口，按如图 10-2（a）所示，修改程序。

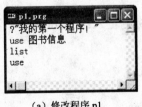　

(a) 修改程序 p1 　　　　　　　　(b) 修改程序 p2

图 10-2　修改程序

（2）单击工具栏上 ! 按钮，在出现的提示框中单击"是"按钮。在主窗口查看程序的运行结果。

2. 使用命令方式修改程序文件

具体实验步骤如下。

（1）在"命令"窗口中输入：MODIFY COMMAND p2 命令，按回车键，出现程序文件的编辑窗口，按如图 10-2（b）所示，修改程序。

（2）按 Ctrl+E 组合键执行程序文件，在出现的提示框中单击"是"按钮。查看程序的运行结果。

【实验 10-3】 交互式输入输出命令

（1）编写程序 p3，程序的功能是任意输入两个数，求这两个数的平均数。
新建程序 p3，输入如下代码。

```
INPUT "请输入第一个数 A:" TO A
INPUT "请输入第二个数 B:" TO B
S=A+B
N=S/2
?"两个数的平均数是:",N
RETURN
```

运行程序，主窗口将显示如下提示信息。

请输入第一个数 A:（用户在闪动光标处键入 35，按回车键）
请输入第二个数 B:（用户在闪动光标处键入 47，按回车键）

则主窗口上显示运行结果如下所示。

两个数的平均数是：　　　41.0000

（2）编写程序 p4，程序功能是用户指定"图书编号"后，显示该图书的基本信息。
新建程序 p4，输入如下代码。

```
USE 图书信息
CLEAR
ACCEPT "请输入待查图书的图书编号:" TO TSH
LOCATE FOR 图书编号= TSH
DISP  图书编号,图书名称,作者
USE
RETURN
```

运行程序，主窗口将显示如下提示信息。
请输入待查图书的图书编号：（用户在闪动光标处键入：2010003，按回车键）
则主窗口上显示运行结果如图 10-3 所示。

请输入待查图书的图书编号：2010003

记录号	图书编号	图书名称	作者
3	2010003	平面设计技术	谭浩强

图 10-3　实验结果

（3）编写程序 p5，程序的功能是接受键盘输入一个字符，不需按回车键，即在屏幕上显示。
新建程序 p5，输入如下代码。

```
SET TALK OFF
CLEAR
WAIT "请输入一个字符:" TO A
CJ="刚输入的字符是:"+A
```

```
WAIT                        &&暂停程序执行,按任意键继续执行
?CJ
RETURN
```

程序运行如下。

请输入一个字符:(用户输入一个字符 t,注意不需按回车键)

则屏幕上显示:

按任意键继续······

当用户按下键盘上的任意键时,程序继续执行,运行结果如图 10-4 所示。

请输入一个字符:t
按任意键继续…
刚输入的字符是:t

图 10-4 实验结果

【实验 10-4】 IF 语句与 DO CASE…ENDCASE 语句应用

编写求下列分段函数的程序。

$$Y = \begin{cases} 2X, & X>0 \\ 1, & X=0 \\ X^2, & X<0 \end{cases}$$

(1)编写程序 p6,使用 IF 语句完成题目要求。

新建程序 p6,输入如下代码。

```
CLEAR
INPUT "请输入 X 数值:"TO X
IF X>0
    Y=2*X
ELSE
    IF X<0
        Y=X*X
    ELSE
        Y=1
    ENDIF
ENDIF
?"Y=",Y
RETURN
```

运行三次该程序,分别输入 10、0 和-10,三次实验结果如图 10-5 所示。

请输入X数值:0   请输入X数值:10   请输入X数值:-10

Y=   1   Y=   20   Y=   100

图 10-5 实验结果

(2)编写程序 p7,使用 DO CASE…ENDCASE 语句完成题目要求。

新建程序 p7,输入如下代码。

```
SET TALK OFF
CLEAR
INPUT  "请输入 X 数值:" TO X
```

```
DO CASE
    CASE X<0
        Y=X*X
    CASE X=0
        Y=1
    OTHERWISE
        Y=2*X
ENDCASE
  ?"Y=",Y
  SET TALK ON
  RETURN
```

运行程序 p7.PRG，结果同上。

【实验 10-5】　DO WHILE 语句与 FOR…ENDFOR 语句应用

编写输出"1+3+5+…+99"之和的程序。

（1）编写程序 p8，使用 DO WHILE 语句完成题目要求。

新建程序 p8，输入如下代码。

```
CLEAR
S=0
N=1
DO WHILE N<=99
    S=S+N
    N=N+2
ENDDO
?"1+3+5+…+99=",S
RETURN
```

（2）编写程序 p9，使用 FOR…ENDFOR 语句完成题目要求。

新建程序 p9，输入如下代码。

```
CLEAR
S=0
FOR I=1 TO 99 step 2
    S=S+I
NEXT
?"1+3+5+…+99=",S
RETURN
```

以上两个程序的运行结果相同，如下所示。

```
1+3+5+…+99=        2500
```

【实验 10-6】　SCAN 语句应用

编写程序 p10，显示"图书信息"表中由键盘输入指定分类的图书信息。

新建程序 p10，输入如下代码。

```
CLEAR
ACCEPT "请输入所要查询分类:" TO Z
USE 图书信息
SCAN FOR 分类=Z
     DISPLAY 图书编号,图书名称,分类
ENDSCAN
RETURN
```

程序运行时输入"计算机"后按回车键,结果如图 10-6 所示。

请输入所要查询分类:计算机

记录号	图书编号	图书名称	分类
3	2010003	平面设计技术	计算机

记录号	图书编号	图书名称	分类
7	2010008	C语言程序设计	计算机

记录号	图书编号	图书名称	分类
9	2010010	一级MS Office教程	计算机

图 10-6 实验结果

【实验 10-7】 循环结构内嵌套分支结构

编写程序 p11,求自然数 1 到 N 中能同时被 3 和 7 整除的数以及这些数之和。

新建程序 p11,输入如下代码。

```
CLEAR
INPUT "请输入 N 的值: " TO N
S=0
FOR I=1 TO N
  IF MOD(I,3)=0 AND MOD(I,7)=0
     ?I
     S=S+I
  ENDIF
ENDFOR
?"能同时被 3 和 7 整除的数之和为: ",S
```

程序运行时输入 100 后按回车键,结果如图 10-7 所示。

【实验 10-8】 循环语句嵌套

编写程序 p12,输入如图 10-8 所示九九乘法表。

请输入N的值:100

```
        21
        42
        63
        84
能同时被3和7整除的数之和为:    210
```

图 10-7 实验结果

```
1*1= 1
1*2= 2  2*2= 4
1*3= 3  2*3= 6  3*3= 9
1*4= 4  2*4= 8  3*4=12  4*4=16
1*5= 5  2*5=10  3*5=15  4*5=20  5*5=25
1*6= 6  2*6=12  3*6=18  4*6=24  5*6=30  6*6=36
1*7= 7  2*7=14  3*7=21  4*7=28  5*7=35  6*7=42  7*7=49
1*8= 8  2*8=16  3*8=24  4*8=32  5*8=40  6*8=48  7*8=56  8*8=64
1*9= 9  2*9=18  3*9=27  4*9=36  5*9=45  6*9=54  7*9=63  8*9=72  9*9=81
```

图 10-8 实验结果

新建程序 p12，输入如下代码。

```
CLEAR
FOR I=1 TO 9
  FOR J=1 TO I
  ?? STR(J,1)+"*"+STR(I,1)+"="+STR(I*J,2)+SPACE(2)
  ENDFOR
  ?
ENDFOR
?
```

【实验 10-9】 数组在程序中应用

编写程序 p13，要求任意输入 10 个数到数组 Z 中，将其由小到大排序输出。

新建程序 p13，输入如下代码。

```
CLEAR
DIMENSION Z(10)
FOR I=1 TO 10
    INPUT '请输入第'+STR(I,2)+'个数:' TO Z(I)
ENDFOR
FOR I=1 TO 9
  FOR J=I+1 TO 10
      IF Z(I)>Z(J)
          A=Z(I)
          Z(I)=Z(J)
          Z(J)=A
      ENDIF
    ENDFOR
ENDFOR
FOR I=1 TO 10
    ?Z(I)
ENDFOR
```

请输入第 1个数：56
请输入第 2个数：14
请输入第 3个数：77
请输入第 4个数：9,
请输入第 5个数：100
请输入第 6个数：43
请输入第 7个数：62
请输入第 8个数：98
请输入第 9个数：1
请输入第10个数：81

```
1
9
14
43
56
62
77
81
98
100
```

程序运行时每输入一个数按一次回车键，连续输入 10 个数后，结果如图 10-9 所示。

图 10-9　实验结果

三、能力测试

1. 由键盘输入梯形的上底、下底和高，输出梯形的面积。
2. 输出 100 以内，所有偶数以及所有偶数的和，所有奇数以及所有奇数的和。
3. 分别统计"读者信息"表中，男读者和女读者的人数。
4. 输出如图 10-10 所示九九乘法表（用 DO WHILE 语句实现）。
5. 把【实验 10-9】改用 DO WHILE 语句实现。

```
1* 9= 9 2* 9=18 3* 9=27 4* 9=36 5* 9=45 6* 9=54 7* 9=63 8* 9=72 9* 9=81
1* 8= 8 2* 8=16 3* 8=24 4* 8=32 5* 8=40 6* 8=48 7* 8=56 8* 8=64
1* 7= 7 2* 7=14 3* 7=21 4* 7=28 5* 7=35 6* 7=42 7* 7=49
1* 6= 6 2* 6=12 3* 6=18 4* 6=24 5* 6=30 6* 6=36
1* 5= 5 2* 5=10 3* 5=15 4* 5=20 5* 5=25
1* 4= 4 2* 4= 8 3* 4=12 4* 4=16
1* 3= 3 2* 3= 6 3* 3= 9
1* 2= 2 2* 2= 4
1* 1= 1
```

图 10-10　九九乘法表

实验十一　模块程序设计

一、实验目的

（1）掌握模块化设计方法。
（2）掌握调用模块的方法。
（3）掌握变量作用域的概念。
（4）掌握带参过程的调用。

二、实验内容

【实验 11-1】　简单过程调用

输出系统菜单，具体实验步骤如下。

（1）选择"文件"→"新建"命令，在出现的对话框中选择"程序"选项，单击"新建文件"按钮，出现程序文件的编辑窗口，输入如下代码。

```
?  "图书管理系统"
DO B
?"1--录入 "
DO A
?"2--修改"
DO A
?"3--查询"
DO A
?"4--删除"

DO B
PROCEDUR A
  ?"---------------"
ENDPROC

PROCEDUR B
  ?"**************"
ENDPROC
```

（2）选择"文件"→"保存"命令，或单击工具栏上的"保存"按钮，出现"另存为"对话框，文件名称设置为 p14。

（3）单击工具栏上 ! 按钮，运行结果如图 11-1 所示。

```
图书管理系统
**************
1--录入
--------------
2--修改
--------------
3--查询
--------------
4--删除
**************
```

图 11-1　实验结果

【实验 11-2】　调用过程文件

计算 $C_m^n = m!/(n!(m-n)!)$，具体实验步骤如下。

（1）编写程序 p15，输入如下代码。

```
T=1
FOR I=1 to K
    T=T*I
NEXT
RETURN
```

关闭程序文件的编辑窗口，保存为 p15。

（2）编写程序 P16.PRG，输入如下代码。

```
CLEAR
INPUT "m= " TO m
INPUT "n= " TO n
T=0
K=m
DO P15          &&调用过程 p15
X=t
K=n
DO P15          &&调用过程 p15
Y=t
K=m-n
DO P15          &&调用过程 p15
Z=t
S=X/(Y*Z)
?'运算结果为：',S
RETURN
```

关闭程序文件的编辑窗口，保存为 p16.PRG。

在命令窗口中输入 DO p16，按回车键，输入 m 值为 10，n 值为 6，得到如图 11-2 所示结果。

```
m= 10
n= 6
运算结果为：        210.0000
```

图 11-2　实验结果

【实验 11-3】　过程和自定义函数应用

输入圆的半径值，使用过程求圆的周长，使用自定义函数求圆的面积，并体会两种方式的不同。具体实验步骤如下。

新建程序 p17，输入如下代码。

```
CLEAR
INPUT "请输入圆的半径:" TO R
```

```
C=0
DO ZC WITH R,C
?"圆的周长是:",C
?"圆的面积是:",MJ(R)

  PROCEDURE ZC
    PARAMETERS A,B
    B=2*PI()*A
    RETURN B
  ENDPROC

  FUNCTION  MJ(M)
    N=PI()*M*M
    RETURN N
  ENDFUN
```

请输入圆的半径：10

圆的周长是：　　　　62.83
圆的面积是：　　　314.16

单击工具栏上的"运行"按钮,输入 R 值 10,得到如
图 11-3 所示结果。

图 11-3　实验结果

【实验 11-4】　参数传递方式

（1）按引用传递参数示例
新建程序 p18,输入如下代码。

```
CLEAR
A=77
B="好!"
?"调用过程前 A,B 的值:",A,B
DO GC WITH A,B                    &&按引用传递参数
?"调用过程后 A,B 的值:",A,B

PROCEDUR GC
   PARAMETERS X,Y
   X=X+700
   Y="你"+Y
ENDPRO
```

调用过程前a,b的值：　　　　77 好!
调用过程后a,b的值：　　　777 你好!

单击工具栏上的"运行"按钮,实验结果
如图 11-4 所示。

图 11-4　实验结果

（2）按值传递参数示例
新建程序 p19,输入如下代码。

```
CLEAR
A=77
B="好!"
?"调用过程前 A,B 的值:",A,B
DO GC WITH A+700,(B)              &&按值传递参数
?"调用过程后 A,B 的值:" ,A,B

PROCEDUR GC
```

```
PARAMETERS X,Y
X=X+700
Y="你"+Y
ENDPRO
```

单击工具栏上的"运行"按钮，实验结果
如图 11-5 所示。

| 调用过程前a, b的值： | | 77 | 好！ |
| 调用过程后a, b的值： | | 77 | 好！ |

图 11-5 实验结果

【实验 11–5】 SET UDFPARMS 命令的使用

（1）编写程序 p20，使用 SET UDFPARMS TO REFERENCE，具体实验步骤如下。
新建程序 p20，输入如下代码。

```
CLEAR
SET UDFPARMS TO REFERENCE
STORE 100 TO A,B
?"调用自定义函数前 A,B 的值:",A,B
HS(A,B)
?"调用自定义函数后 A,B 的值:",A,B


FUNCTION HS(X,Y)
STORE "你好!" TO X,Y
RETURN
ENDFUN
```

| 调用自定义函数前A, B的值： | | 100 | 100 |
| 调用自定义函数后A, B的值： | | 100 | 100 |

图 11-6 实验结果

运行结果如图 11-6 所示。

（2）编写程序 p21，使用 SET UDFPARMS TO VALUE，具体实验步骤如下。
新建程序 p21，输入如下代码。

```
CLEAR
SET UDFPARMS TO VALUE
STORE 100 TO A,B
?"调用自定义函数前 A,B 的值:",A,B
HS(A,B)
?"调用自定义函数后 A,B 的值:",A,B


FUNCTION HS(X,Y)
STORE "你好!" TO X,Y
RETURN
ENDFUN
```

| 调用自定义函数前A, B的值： | | 100 | 100 |
| 调用自定义函数后A, B的值： | 你好！ | 你好！ | |

图 11-7 实验结果

运行程序，结果如图 11-7
所示。

【实验 11–6】 公共变量和私有变量的应用

公共变量和私有变量作用域示例。具体实验步骤如下。
（1）新建程序 p22，输入如下代码。

```
PUBLIC M,N
M=DATE()
N="VFP"
K=100
DISP MEMORY LIKE ?
RETURN
```

运行程序，结果如图 11-8 所示，内存变量 M、N 均是全局变量，内存变量 K 未定义为全局变量，它是私有变量。

```
M          Pub    D   11/18/10
N          Pub    C   "VFP"
K          Priv   N   100          (          100.00000000)
```

图 11-8   实验结果

（2）新建程序 p23，输入如下代码。

```
SET TALK OFF
PUBLIC A,B
A=10
B="XY"
DO P22
DISP MEMORY LIKE ?
RETURN
```

运行程序，结果如图 11-9 所示，第一组数据为 p22 输出数据，M、N、A、B 均是全局变量，K 是私有变量。第二组数据为 p23 输出数据，在控制返回到主程序后，私有变量 K 自动被释放。

```
M          Pub    D   11/18/10
N          Pub    C   "VFP"
A          Pub    N   10           (          10.00000000)
B          Pub    C   "XY"
K          Priv   N   100          (          100.00000000)

M          Pub    D   11/18/10
N          Pub    C   "VFP"
A          Pub    N   10           (          10.00000000)
B          Pub    C   "XY"
```

图 11-9   实验结果

【实验 11-7】   局部变量的应用

局部变量的作用域示例，具体实验步骤如下。
新建程序 p24，输入如下代码。

```
CLEAR
PUBLIC X
X="公共变量"                &&X 为公共变量,作用域为任何模块
?"主程序中输出值"
```

```
?"X=",X
?
A()
RETURN

FUNCTION A
LOCAL Z
Z ="局部变量"              &&Z 为局部变量,作用域为建立它的模块
Y ="私有变量"              &&Y 为私有变量,作用域为建立它的模块及下属模块
?"A()中输出值"
?"X=",X
?"Y=",Y
?"Z=",Z
?
AA()

RETURN

FUNCTION AA
?"AA()中输出值"
?"X=",X
?"Y=",Y
```

主程序中输出值
X= 公共变量

A()中输出值
X= 公共变量
Y= 私有变量
Z= 局部变量

AA()中输出值
X= 公共变量
Y= 私有变量

运行程序，结果如图 11-10 所示。

图 11-10　实验结果

【实验 11-8】　隐藏变量

隐藏变量的示例，具体实验步骤如下。

新建程序 p25，输入如下代码。

```
CLEAR
PUBLIC X,Y
X=1000
Y=1000
?"调用过程前 X,Y 的值:"
?"X=",X
?"Y=",Y
DO B
?
?"调用过程后 X,Y 的值:"
?"X=",X
?"Y=",Y

PROCEDUR B
PRIVATE X                &&隐藏上层模块中的 X
X ="最后一个例题"
Y ="马上就要下课了"
RETURN
ENDPRO
```

调用过程前 X,Y 的值:
X=   1000
Y=   1000

调用过程后 X,Y 的值:
X=   1000
Y= 马上就要下课了

运行程序，结果如图 11-11 所示。

图 11-11　实验结果

三、能力测试

1．编写一个求两个数的和与乘积的程序。

2．使用自定义函数计算 2! − 6! + 8!。

3．建立一个包含计算圆面积（sub1）、正方形面积（sub2）两个过程的过程文件，编写主程序任意输入一个数值 n，调用 sub1 过程计算以 n 为半径的圆的面积，调用 sub2 过程计算以 n 为边长的正方形的面积。

实验十二　表单的创建

一、实验目的

（1）学会利用"表单向导"创建表单的方法。

（2）了解利用"快速表单"命令创建表单的方法。

（3）掌握利用"表单设计器"设计表单的方法。

（4）熟悉表单的数据环境。

二、实验内容

【实验 12-1】　利用"表单向导"创建表单

利用"表单向导"创建"读者信息"表单，用于显示"读者信息"表中的所有字段；样式为"新奇式"，按钮类型为"文本按钮"；排序字段为"借书证号"（升序）；设置表单标题为"读者信息"；将表单以"读者信息.scx"为名保存在默认路径下。具体实验步骤如下。

（1）调用表单向导有 3 种方法。

① 在 Visual FoxPro 的项目管理器的"文档"选项卡中选中"表单"单选按钮，单击"新建"按钮，在弹出的"新建表单"对话框中单击"表单向导"按钮。

② 选择"文件"菜单下"新建"命令，在打开的"新建"对话框中，选中"表单"单选按钮，单击"向导"按钮。

③ 选择"工具"→"向导"→"表单"命令。

采用上述 3 种方法中的任意一种，都会打开"向导选取"对话框，如图 12-1 所示，在此对话框中选择"表单向导"，单击"确定"按钮，即可进入表单向导。

（2）字段选取。

表单向导的第一步是要求用户选取包含在表单中的字段，如图 12-2 所示。在"数据库和表"列表框中选择"图书管理"数据库，在其下方的列表里列出库中包含的数据表，选择"读者信息"表，则在"可用字段"列表框中列出该表的全部字段供用户选择，单击 ⏩ 按钮将全部字段添加到"选定字段"列表框中，然后单击"下一步"按钮，进入"选择表单样式"对话框。

（3）选择表单样式。

在这一步，要完成表单显示风格和按钮类型的选择。Visual FoxPro 提供了标准式、凹陷式、阴影式、边框式、浮雕式、新奇式、石墙式、亚麻式和色彩式等9种表单样式；以及文本按钮、图片按钮、无按钮和定制等4种按钮类型供用户选择，如图 12-3 所示。根据需要和喜好选择一种美观格式，这里在"样式"列表中选择"新奇式"，在"按钮类型"框中选择"文本按钮"，然后单击"下一步"按钮，进入"排序次序"对话框。

图 12-1　向导选取

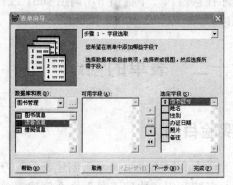

图 12-2　字段选取

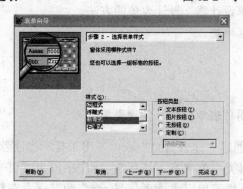

图 12-3　选择表单样式

（4）排序次序。

如果表单是基于一个表而设计的，就会出现"排序次序"对话框，如果表单是基于一个查询，会跳过这一步。"排序次序"对话框用来选择表单中记录的排序字段以及按该字段排序的排序方式，如图 12-4 所示。

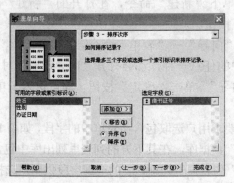

图 12-4　排序次序

我们选择按借书证号升序排序。然后单击"下一步",进入"完成"对话框。

(5)完成。

该对话框是向导的最后一个对话框。在此对话框中主要完成指定显示在表单顶部的标题和确定表单向导的结束方式。该步骤有 3 种选择:保存表单并退出向导、保存并运行表单以及保存并调用表单设计器修改表单。此外,在该对话框中还可以指定表单的其他设置,如是否使用字段映像、是否用数据库字段显示类以及是否为容不下的字段加入页,如图 12-5 所示。

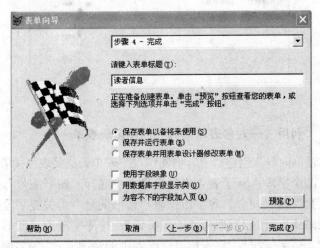

图 12-5 完成

我们在对话框中输入表单标题"读者信息",选择"保存表单以备将来使用"单选按钮,然后单击"预览"按钮,得到如图 12-6 所示的表单。

图 12-6 预览表单

(6)保存表单。

如果对表单的设计感到满意,单击"返回向导"按钮,返回表单向导,单击"完成"按钮,打开"另存为"对话框,如图 12-7 所示,在"保存表单为"文本框中输入表单名为"读者信息",单击"保存"按钮,则将表单保存在默认路径下。这样就建立了一个名为"读者信息"的表单。

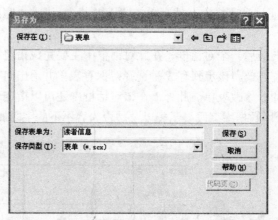

图 12-7　保存表单

【实验 12-2】　利用"一对多表单向导"创建多表表单

利用"一对多表单向导"创建"读者借阅情况"表单，从父表"读者信息"中选择"借书证号"、"姓名"两个字段；从子表"借阅信息"中选择"图书编号"、"借阅日期"、"还书日期"、"超出天数"及"罚金"等字段；以"借书证号"为关键字段建立两个表之间的关系；样式为"凹陷式"，按钮类型为"图形按钮"；排序字段为"借书证号"（升序）；设置表单标题为"读者借阅情况"；将表单以"读者借阅情况.scx"为名保存在默认路径下。具体实验步骤如下。

（1）选择"文件"菜单下"新建"命令，在打开的"新建"对话框中，选中"表单"单选按钮，单击"向导"按钮。打开"向导选取"对话框，选取"一对多表单向导"，单击"确定"按钮，则出现"从父表中选定字段"对话框。

（2）从父表中选定字段。

该步骤主要用来选择来自父表中的字段，即一对多关系中的"一"方，只能从单个的表或视图中选取字段。如图 12-8 所示。这里我们选择"读者信息"表中的两个字段"借书证号"和"姓名"，单击"下一步"按钮，进入"从子表中选定字段"对话框。

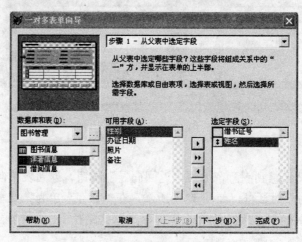

图 12-8　从父表中选定字段

（3）从子表中选定字段。

该步骤主要选择来自子表中的字段，即一对多关系中的"多"方，只能从单个的表或视图中选取字段，如图 12-9 所示。这里我们从"借阅信息"表选择"图书编号"、"借阅日期"、"还书日期"、"超出天数"及"罚金"等字段，单击"下一步"按钮，进入"建立表之间的关系"对话框。

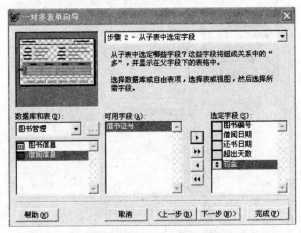

图 12-9　从子表中选定字段

（4）建立表之间的关系。

在这一步确定联系两个表的关键字。这里并不要求两个关键字的字段名相同，只要类型相同就可以联系。本例在下拉列表框中分别选择"借书证号"选项，如图 12-10 所示，单击"下一步"按钮，进入"选择表单样式"对话框。

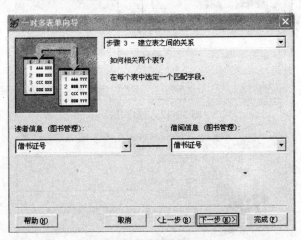

图 12-10　建立表之间的关系

（5）选择表单样式。

按要求在该步骤中选择"凹陷式"和"图形按钮"，如图 12-11 所示，单击"下一步"按钮，进入"排序次序"对话框。

（6）排序次序。

选择"借书证号"选项作为排序字段，按"升序"排序，如图 12-12 所示。单击"下一步"按钮，进入"完成"对话框。

（7）完成。

输入表单标题"读者借阅情况"，选择"保存并运行表单"单选按钮，如图 12-13 所示。单击"完成"按钮。打开"另存为"对话框。

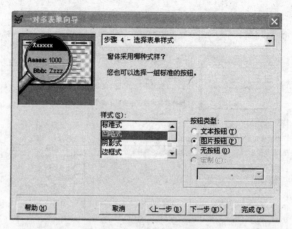

图 12-11　选择表单样式

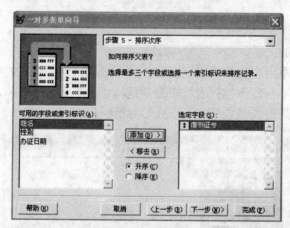

图 12-12　排序次序

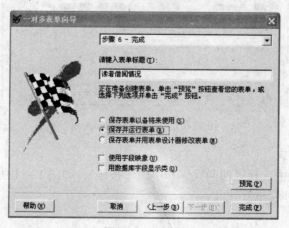

图 12-13　完成

（8）保存并运行表单。

将表单以"读者借阅情况"为名保存在默认路径下。这样就建立了一个名为"读者借阅情况"的多表表单，表单运行效果如图 12-14 所示。

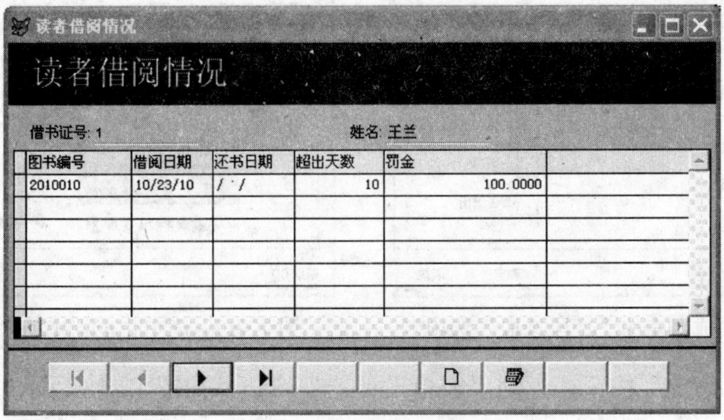

图 12-14　运行表单

【实验 12-3】　利用"快速表单"命令创建表单

利用"快速表单"命令创建"图书信息"表单，用于显示"图书信息"表中的所有字段，将表单标题设置为"图书信息"，并利用"表单设计器"向表单中添加定位按钮和"退出"按钮。将表单以"图书信息.scx"为名保存在默认路径下。具体实验步骤如下。

（1）选择"文件"菜单下"新建"命令，在打开的"新建"对话框中，选中"表单"单选按钮，单击"新建文件"按钮，打开"表单设计器"窗口，如图 12-15 所示。

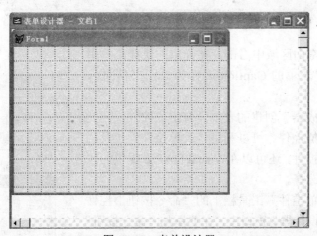

图 12-15　表单设计器

（2）在"表单"菜单中选择"快速表单"命令，打开"表单生成器"对话框，"表单生成器"有两个选项卡，即"字段选取"选项卡和"样式"选项卡。

（3）在"字段选取"选项卡中，选择字段的源以及想要添加的字段。这里选择"图书管理"数据库中的"图书信息"表，则"图书信息"表中的字段就出现在"可用字段"列表框中，单击 ▸▸ 按钮，将所有字段添加到"选定字段"列表框中，如图 12-16 所示。

（4）在"样式"选项卡中，选择所需新控件样式，这里选择"浮雕式"，如图 12-17 所示。

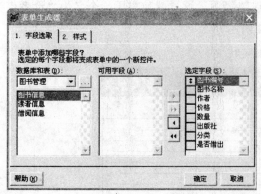

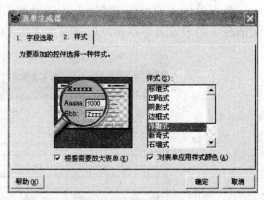

图 12-16　表单生成器中的"字段选取"选项卡　　　图 12-17　表单生成器中的"样式"选项卡

（5）单击"确定"按钮，返回"表单设计器"窗口，如图 12-18 所示。

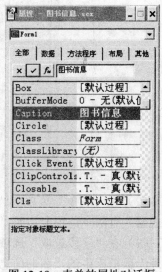

图 12-18　返回"表单设计器"窗口

（6）在表单的空白区域中右击，在弹出的快捷菜单中，选择"属性"命令，打开"属性"对话框，设置表单的 Caption 属性为"图书信息"，如图 12-19 所示。

利用"表单生成器"创建的表单没有定位控件，因此可以加入自己的定位控件。可以利用"表单控件"工具栏向表单中添加定位控件，还可以在 Visual FoxPro 提供的预定义定位控件库中选择。

（7）单击"表单控件"工具栏上的"命令按钮"控件按钮。在"表单设计器"窗口中，在要添加"命令按钮"控件的地方拖动鼠标创建一个矩形框。新的控件 Command1 就出现在设定的位置上，此后可以在表单中调整它的位置，也可以根据需要调整它的大小。

（8）打开"属性"对话框，设置 Caption 属性为"上一条记录"。双击"上一条记录"按钮，打开代码窗口，如图 12-20 所示。在代码窗口中输入以下代码。

图 12-19　表单的属性对话框

```
Skip -1
IF BOF()
   Go Bottom
ENDIF
ThisForm.Refresh
```

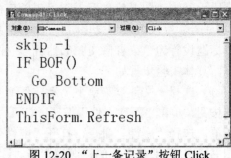

图 12-20　"上一条记录"按钮 Click 事件代码窗口

然后单击右上角的"关闭"按钮，关闭代码窗口。

（9）按照同样的方法，添加命令按钮"下一条记录"，并在代码窗口中输入如下代码。

```
Skip
IF EOF()
   Go Top
ENDIF
ThisForm.Refresh
```

（10）添加"退出"命令按钮，在代码窗口中输入如下代码。

```
Release ThisForm
```

该命令的作用是释放表单，表示单击"退出"按钮将关闭表单。

（11）在空白区域右击，在弹出的快捷菜单中选择"执行表单"命令，或者选择"表单"菜单中的"执行表单"命令，结果如图 12-21 所示。

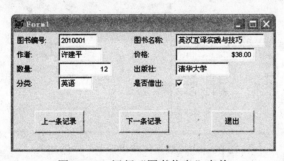

图 12-21　运行"图书信息"表单

执行表单后，分别单击"上一条记录"和"下一条记录"按钮，观察表单上所显示的记录。

（12）单击表单上的"退出"按钮，返回"表单设计器"。

（13）在"表单设计器"窗口中选择"文件"菜单中的"保存"命令，或者在空白区域处右击，在弹出的快捷菜单中选择"保存"命令，打开"保存"对话框，在"文件名"文本框中输入表单名称"图书信息"，表单则以.scx 为扩展名保存在默认路径下。

【实验 12-4】　利用"表单设计器"创建多表表单

使用"表单设计器"创建基于"读者信息"表、"借阅信息"表和"图书信息"表的多表表单，选取"读者信息"表中的"借书证号"和"姓名"两个字段及另外两个表的所有字段，其中"图书信息"表和"借阅信息"表以表格形式显示。当"读者信息"表中的"借书证号"字段值发生变化时，"图书信息"表和"借阅信息"表中的记录跟着变化。将表单标题设置为"读者借阅图书情况"，并以"读者借阅图书情况.scx"为名保存在默认路径下。具体实验步骤如下。

（1）选择"文件"菜单下"新建"命令，在打开的"新建"对话框中，选中"表单"单选按钮，单击"新建文件"按钮，打开"表单设计器"。在表单的空白区域右击，弹出快捷菜单，选择"属性"命令，打开"属性"对话框，设置表单的 Caption 属性为"读者借阅图书情况"，即将表单的标题设置为"读者借阅图书情况"。

（2）在表单中右击，在弹出的快捷菜单中选择"数据环境"命令，打开"数据环境设计器"窗口。在"数据环境设计器"窗口中右击，在弹出的快捷菜单中单击"添加"命令，打开"添加表或视图"对话框。分别选择"读者信息"表、"借阅信息"表和"图书信息"表，单击"添加"按钮，添加到"数据环境设计器"中，如图 12-22 所示。

图 12-22　向"数据环境设计器"中添加表

（3）单击"读者信息"表与"借阅信息"表的关系连线，在"属性"对话框的"数据"选项卡中设置"读者信息"表与"借阅信息"表的关系属性，这里子表"借阅信息"表通过"借书证号"字段与父表"读者信息"表相关联，所以将 ChildOrder 属性设置为"借书证号"，将 RelationalExpr 属性设置为联接两个相关表的表达式，如果子表 ChildOrder 标识以"借书证号"建立的索引，应将 RelationalExpr 属性也设置为相同的父表的表达式，这里将 RelationalExpr 设置为"借书证号"，如图 12-23 所示。

（4）单击"借阅信息"表与"图书信息"表的关系连线，设置"借阅信息"表与"图书信息"表的关系属性，将 ChildOrder 属性和 RelationalExpr 属性均设置为"图书编号"，如图 12-24 所示。

（5）拖动"读者信息"表的"借书证号"和"姓名"字段到表单中，"读者信息"表作为父表。

图 12-23 设置"读者信息"表与"借阅
信息"表的关系属性

图 12-24 设置"借阅信息"表与"图书
信息"表的关系属性

（6）从"数据环境设计器"中将"借阅信息"表和"图书信息"表都拖动到表单中，则自动生成两个表格控件，调整表格的大小和位置，如图 12-25 所示。

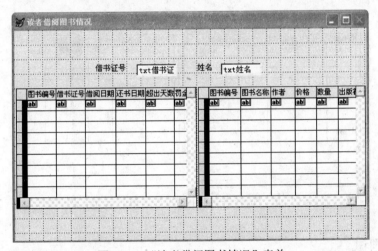

图 12-25 "读者借阅图书情况"表单

（7）单击"表单控件"工具栏上的"标签"控件按钮 A。在"表单设计器"窗口中，在要添加"标签"控件的地方拖动鼠标创建一个矩形框。新的控件 Label1 就出现在设定的位置上，在"属性"对话框中将该标签的 Caption 属性设置为"读者借阅图书情况查询"，并将 FontSize 属性设置为 18。按照【实验 12-3】的方法，在表单上添加命令按钮"上一条记录"、"下一条记录"、"退出"，并在代码窗口中输入相应的代码，如图 12-26 所示。

（8）在"表单设计器"窗口中选择"文件"菜单中的"保存"命令，或者右击，在弹出的快捷菜单中选择"保存"命令，打开"保存"对话框，在"文件名"文本框中输入表单名称"读者借阅图书情况"，则表单以.scx 为扩展名保存在默认路径下。

图 12-26　添加了"标签"和"命令按钮"的"读者借阅图书情况"表单

（9）运行"读者借阅图书情况"表单，结果如图 12-27 所示。

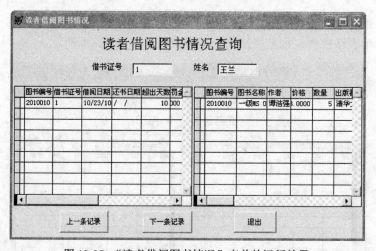

图 12-27　"读者借阅图书情况"表单的运行结果

三、能力测试

1．利用表单向导创建一个名为"图书借阅情况.scx"的多表表单。要求从父表"图书信息"中选择"图书编号"、"图书名称"两个字段；从子表"借阅信息"中选择"图书编号"、"借阅日期"、"还书日期"、"超出天数"及"罚金"等字段；以"图书编号"为关键字段建立两个表之间的关系；样式为"阴影式"，按钮类型为"文本按钮"；排序字段为"图书编号"（升序）；设置表单标题为"图书借阅情况"；将表单保存在默认路径下。表单的运行结果如图 12-28 所示。

2．利用表单的"数据环境设计器"创建一个名为"读者基本信息浏览.scx"的表单，要求在表单中以表格的形式显示"读者信息"表中的数据，运行结果如图 12-29 所示。

图 12-28 "图书借阅情况"表单

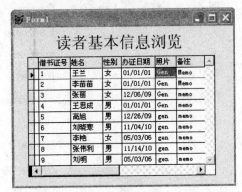

图 12-29 "读者基本信息浏览"表单

实验十三 表单常用控件（一）

一、实验目的

（1）掌握控件的基本操作。

（2）掌握标签、命令按钮、文本框、编辑框及复选框等控件的常用属性设置及常用事件和方法的使用。

二、实验内容

【实验 13-1】 标签控件的使用

使用标签控件创建一个如图 13-1 所示表单（图书管理系统欢迎界面.scx），并将表单保存到默认路径下。

具体实验步骤如下。

（1）在 Visual FoxPro 系统的主菜单下，选择"文件"菜单中的"新建"命令，打开"新建"对话框。

（2）在"新建"对话框中，选择"表单"，再单击"新建文件"按钮，进入"表单设计器"窗口。

（3）在表单中，使用"表单控件"工具栏中的"标签"按钮**A**，分别创建三个标签控件。

（4）在"属性"对话框中，分别为表单和控件设置属性值，如表 13-1 所示。

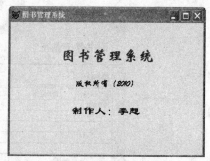

图 13-1 "图书管理系统欢迎界面"表单

表 13-1 "图书管理系统初始界面"表单和各控件主要属性设置

对象名	属 性 名	属 性 值	对象名	属 性 名	属 性 值
Form1	Caption	图书管理系统	Label2	Caption	版权所有（2010）
	AutoCenter	.T.		FontName	华文行楷
	AlwaysOnTop	.T.		FontSize	12
Label1	Caption	图书管理系统		BackStyle	0-透明
	FontName	华文新魏		AutoSize	.T.
	FontSize	22		Name	Lab2
	FontBold	.T.	Label3	Caption	制作人：李想
	ForeColor	255,0,0		FontName	隶书
	BackStyle	0-透明		FontSize	16
	AutoSize	.T.		BackStyle	0-透明
	Name	Lab1		AutoSize	.T.
				Name	Lab3

（5）表单和控件的属性设置完成后，应该设置三个标签在表单中水平居中。先打开"布局"工具栏，如图 13-2 所示，然后在表单中选中第一个标签"图书管理系统"，单击"布局"工具栏中的"水平居中"按钮**圃**，使标签在表单中水平居中。使用同样的方法将另外两个标签设置水平居中。

（6）将表单以"图书管理系统欢迎界面.scx"为名保存到默认路径下。单击工具栏中的"运行"按钮**！**运行表单，表单的运行效果如图 13-1 所示。

【实验 13-2】 命令按钮控件的使用

创建一个如图 13-3 所示表单（命令按钮示例.scx），要求运行表单时，单击不同的按钮表单的背景颜色变成按钮所标示的颜色，单击"退出"按钮则退出表单的运行。并将表单保存到默认路径下。

具体实验步骤如下。

（1）创建表单，添加如图 13-3 所示标签和按钮控件，调整控件位置，并设置相应属性，如表 13-2 所示。

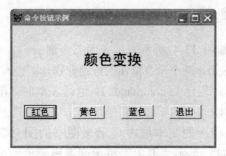

图 13-2 布局工具栏　　　　图 13-3 "命令按钮示例"表单

表 13-2 "命令按钮示例"表单和各控件主要属性设置

对象名	属性名	属性值	对象名	属性名	属性值
Forml	Caption	命令按钮示例	Command2	Caption	黄色
	AutoCenter	.T.		FontName	宋体
	AlwaysOnTop	.T.		FontSize	12
Label1	Caption	颜色变换		Name	Cmd2
	FontName	黑体	Command3	Caption	蓝色
	FontSize	20		FontName	宋体
	AutoSize	.T.		FontSize	12
	Name	Labl		Name	Cmd3
Command1	Caption	红色	Command4	Caption	退出
	FontName	宋体		FontName	宋体
	FontSize	12		FontSize	12
	Name	Cmd1		Name	Cmd4

（2）编写各命令按钮的 Click 的事件代码。

① 命令按钮 cmd1（红色）的 Click 的事件代码：

```
ThisForm.BackColor=rgb(255,0,0)
```

② 命令按钮 cmd2（黄色）的 Click 的事件代码：

```
ThisForm.BackColor=rgb(255,255,128)
```

③ 命令按钮 cmd3（蓝色）的 Click 的事件代码：

```
ThisForm.BackColor=rgb(0,0,255)
```

④ 命令按钮 cmd4（退出）的 Click 的事件代码：

```
ThisForm.Release
```

（3）将表单以"命令按钮示例.scx"为名保存到默认路径下。单击工具栏中的"运行"按钮 ! 运行表单，表单的运行效果如图 13-3 所示。

【实验 13-3】　文本框控件的使用

创建一个如图 13-4 所示表单（图书查询.scx），要求在该表单上有四个标签、四个文本框、两个命令按钮，两个命令按钮的标题分别是"查询"（command1）和"退出"（command2）。运行表单时，用户在第一个文本框中输入图书编号，单击"查询"按钮则可在下面相应的文本框中显示该图书的图书名称、作者和数量，单击"退出"按钮则退出表单的运行。将表单以保存在默认路径下。

具体实验步骤如下。

（1）创建表单，添加如图 13-4 所示的控件，并设置相应属性，如表 13-3 所示。

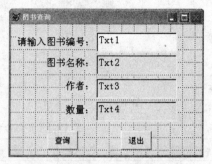

图 13-4　图书查询表单设计界面

表 13-3　"图书查询"表单和各控件主要属性设置

对象名	属性名	属性值	对象名	属性名	属性值
Form1	Caption	图书查询	Text2	FontSize	14
	AutoCenter	.T.		Name	Txt2
	AlwaysOnTop	.T.		ReadOnly	.T.
Label1	Caption	请输入图书编号：	Text3	FontSize	14
	FontSize	14		Name	Txt3
	AutoSize	.T.		ReadOnly	.T.
Label2	Caption	图书名称：	Text4	FontSize	14
	FontSize	14		Name	Txt4
	AutoSize	.T.		ReadOnly	.T.
Label3	Caption	作者：	Command1	Caption	查询
	FontSize	14		FontSize	10
	AutoSize	.T.		Name	Cmd1
Label4	Caption	数量：	Command2	Caption	退出
	FontSize	14		FontSize	10
	AutoSize	.T.		Name	Cmd2
Text1	FontSize	14			
	Name	Txt1			

（2）"查询"按钮（cmd1）的 Click 事件代码如下。

```
Use 图书信息
Locate For 图书编号 = Alltrim(ThisForm.txt1.Value)
ThisForm.Txt2.Value = 图书名称
ThisForm.Txt3.Value = 作者
ThisForm.Txt4.Value = 数量
```

（3）"退出"按钮（cmd2）的 Click 的事件代码如下。

```
ThisForm.Release
```

（4）将表单以"图书查询.scx"为名保存到默认路径下。单击工具栏中的"运行"按钮 ❗ 运行表单，在第一个文本框中输入"2010001"，单击"查询"按钮则在相应的文本框中显示图书基本信息，表单的运行效果如图 13-5 所示。

【实验 13-4】 编辑框控件的使用

创建一个如图 13-6 所示表单（编辑框的使用.scx），运行表单时，在编辑框中显示读者信息表的备注字段（备注型）内容，可在编辑框中选择其中的文字，然后单击"选定复制"按钮，则所选内容及选择的起始位置和长度都会在下面的相应的文本框中显示，单击"退出"按钮则退出表单的运行。

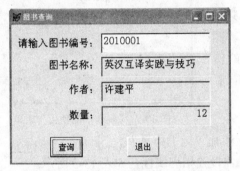

图 13-5 运行"图书查询"表单

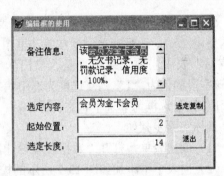

图 13-6 "编辑框的使用"表单

具体实验步骤如下。

（1）创建表单，打开"数据环境设计器"，添加"读者信息"表。

（2）向表单中添加如图 13-6 所示的控件，并设置相应属性，如表 13-4 所示。

表 13-4 "编辑框的使用"表单和各控件主要属性设置

对象名	属 性 名	属 性 值	对象名	属 性 名	属 性 值
Forml	Caption	编辑框的使用	Label4	FontSize	12
	AutoCenter	.T.		AutoSize	.T.
	AlwaysOnTop	.T.	Edit1	ControlSource	读者信息.备注
Labell	Caption	备注信息：		FontSize	12
	FontSize	12	Text1	FontSize	12
	AutoSize	.T.	Text2	FontSize	12
Label2	Caption	选定内容：	Text3	FontSize	12
	FontSize	12	Command1	Caption	选定复制
	AutoSize	.T.		FontSize	10
Label3	Caption	起始位置：		Name	Cmd1
	FontSize	12	Command2	Caption	退出
	AutoSize	.T.		FontSize	10
Label4	Caption	选定长度：		Name	Cmd2

（3）调整控件的大小和位置。

（4）编写"选定复制"命令按钮的 Click 事件代码。

```
ThisForm.Text1.Value=ThisForm.Edit1.SelText
ThisForm.Text2.Value=ThisForm.Edit1.SelStart
ThisForm.Text3.Value=ThisForm.Edit1.SelLength
```

（5）编写"退出"命令按钮的 Click 事件代码。

```
ThisForm.Release
```

（6）将表单以"编辑框的使用.scx"为名保存到默认路径下。并运行表单，运行效果如图 13-6 所示。

【实验 13-5】　复选框控件的使用

使用复选框控件创建如图 13-7 所示表单（复选框的使用.scx），运行表单时，在复选框中显示"图书信息"表中当前记录的"是否借出"字段的值（若该字段的值为"T"则复选框为选中状态 ☑，若为"F"则复选框为非选中状态 ☐）。

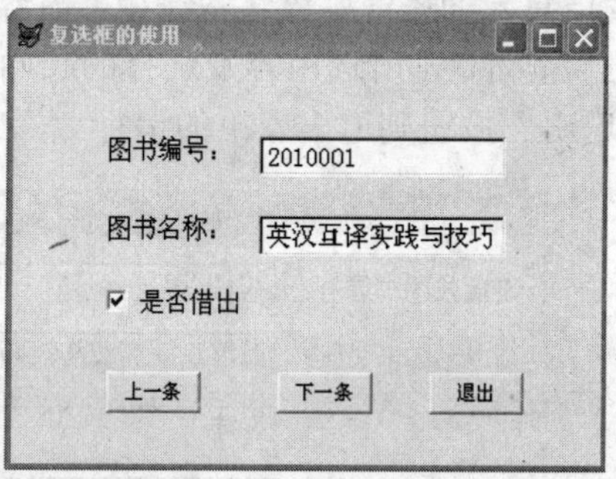

图 13-7　"复选框的使用"表单

具体实验步骤如下。

（1）创建表单，打开"数据环境设计器"，添加"图书信息"表。

（2）向表单中添加如图 13-7 所示的控件，并设置相应属性，如表 13-5 所示。

表 13-5　"复选框的使用"表单和各控件主要属性设置

对象名	属 性 名	属 性 值	对象名	属 性 名	属 性 值
Forml	Caption	复选框的使用	Text1	FontSize	12
	AutoCenter	.T.		ControlSource	图书信息.图书编号
	AlwaysOnTop	.T.	Text2	FontSize	12
Label1	Caption	图书编号：		ControlSource	图书信息.图书名称
	FontSize	12	Check1	Caption	是否借出
	AutoSize	.T.		ControlSource	图书信息.是否借出
Label2	Caption	图书名称：	Command1	Caption	上一条
	FontSize	12	Command2	Caption	下一条
	AutoSize	.T.	Command3	Caption	退出

（3）编写 Command1（上一条）的 Click 的事件代码。

```
Skip -1
If Bof()
   Go Bottom
EndIf
ThisForm.Refresh
```

（4）编写 Command2（下一条）的 Click 的事件代码。

```
Skip
If Eof()
    Go Top
EndIf
ThisForm.Refresh
```

（5）编写 Command3（退出）的 Click 的事件代码。

```
ThisForm.Release
```

（6）将表单以"复选框的使用.scx"为名保存到默认路径下。并运行表单，运行效果如图 13-7 所示。

三、能力测试

1．创建一个如图 13-8 所示表单（图书管理系统登录.scx），要求：当用户输入用户名和密码并单击"确认"按钮后，检验其输入的用户名和密码是否匹配，（假定用户名为"user"，密码为"1234"）。如正确，则运行【实验 13-1】设计的"图书管理系统欢迎界面"表单。若不正确，则显示"用户名或密码错误，请重新输入"字样，如果连续三次输入不正确，则显示"用户名与密码不正确，登录失败"字样并关闭表单。单击"退出"按钮则退出表单的运行状态。

2．使用表单设计器创建一个名为"图书管理系统读者信息浏览.scx"的表单，用于浏览读者信息，运行结果如图 13-9 所示。

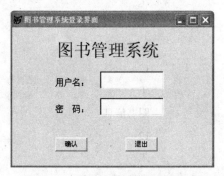

图 13-8 "图书管理系统登录"表单

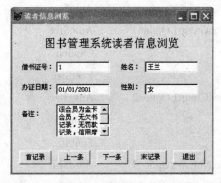

图 13-9 "图书管理系统读者信息浏览"表单

实验十四 表单常用控件（二）

一、实验目的

掌握选项按钮组、命令按钮组、组合框和列表框等控件的常用属性设置及其事件和方法的使用。

二、实验内容

【实验 14-1】　选项按钮组控件的使用

创建一个如图 14-1 所示能浏览"图书管理"数据库中表的表单（图书管理系统数据表查询.scx），运行表单时，选择选项按钮组中相应的单选按钮，则查询相应数据表的信息。

具体实验步骤如下。

（1）创建表单，向表单中添加如图 14-1 所示的控件，调整控件的位置。并设置相应属性，如表 14-1 所示。

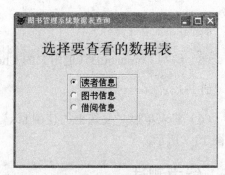

图 14-1　"图书管理系统数据表查询"表单

表 14-1　"图书管理系统数据表查询"表单和各控件主要属性设置

对 象 名	属 性 名	属 性 值
Forml	Caption	图书管理系统数据查询
	AutoCenter	.T.
	AlwaysOnTop	.T.
Labell	Caption	请选择要查看的数据表
	FontSize	20
	AutoSize	.T.
OptionGroup1.Option1	AutoSize	.T.
	Caption	读者信息
	FontSize	12
OptionGroup1.Option2	AutoSize	.T.
	Caption	图书信息
	FontSize	12
OptionGroup1.Option3	AutoSize	.T.
	Caption	借阅信息
	FontSize	12

（2）编写选项按钮组（OptionGroup1）的 Click 事件代码。

```
Do Case
   Case This.Value=1
     Select * From 读者信息
   Case This.Value =2
     Select * From 图书信息
   Case This.Value =3
```

```
    Select * From 借阅信息
EndCase
```

（3）将表单以"图书管理系统数据表查询.scx"为名保存到默认路径中，并运行表单，运行效果如图 14-1 所示，选择"读者信息"单选按钮时，则在表单中会弹出"读者信息"表的查询窗口，如图 14-2 所示。

【实验 14-2】 命令按钮组控件的使用

创建一个如图 14-3 所示表单（读者情况查询.scx），运行表单时在表单上显示"读者信息"表当前记录的读者基本情况信息，单击命令按钮组中的相应命令按钮，则表单上所显示的读者信息随着记录指针的移动而发生变化。

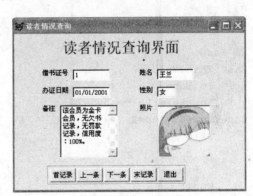

图 14-2 "读者信息"表查询窗口   图 14-3 "读者情况查询"表单

具体实验步骤如下。

（1）创建表单，向表单中添加一个标签控件，设置表单和标签的属性，如表 14-2 所示。

表 14-2 "读者情况查询"表单和各控件主要属性设置

对象名	属性名	属性值	对象名	属性名	属性值
Forml	Caption	读者情况查询	Labell	Caption	读者情况查询界面
	AutoCenter	.T.		FontSize	20
	AlwaysOnTop	.T.		AutoSize	.T.

（2）打开表单的"数据环境设计器"，添加"读者信息"表，将"读者信息"表中的"借书证号"、"姓名"、"办证日期"、"性别"、"备注"和"照片"等字段拖拽到表单中适当位置，关闭"数据环境设计器"。

（3）在表单上添加一个"命令按钮组"控件，然后在该控件上右击，在弹出的快捷菜单中选择"生成器"命令，则打开"命令组生成器"对话框，在"1.按钮"选项卡中将"按钮的数目（N）:"设置为 5，并将各个按钮标题分别设置为"首记录"、"上一条"、"下一条"、"末记录"和"退出"，如图 14-4 所示。在"2.布局"选项卡中将"按钮布局:"设置为"水平"，如图 14-5 所示。

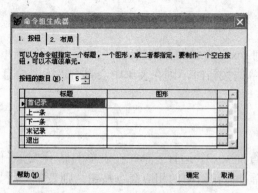

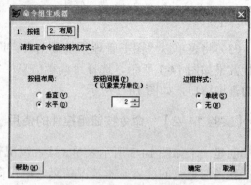

图 14-4 "1.按钮"选项卡　　　　　　图 14-5 "2.布局"选项卡

（4）编写命令按钮组的 Click 事件代码。

```
Do Case
Case This.Value=1
    Go Top
    ThisForm.Refresh
Case This.Value=2
    Skip -1
    If Bof()
      Go Bottom
    EndIf
ThisForm.Refresh
Case This.Value=3
    Skip
    If Eof()
      Go Top
    EndIf
    ThisForm.Refresh
Case This.Value=4
    Go Bottom
    ThisForm.Refresh
Case This.Value=5
    ThisForm.Release
EndCase
```

（5）将表单以"读者情况查询.scx"为名保存在默认路径下，并运行表单，运行效果如图 14-3 所示。

【实验 14–3】 组合框控件的使用

创建一个如图 14-6 所示表单（图书数量查询.scx），用于查询"图书信息"表中各种图书的数量，在组合框中选择"图书名称"，单击"查询"命令按钮，则在文本框中显示该图书的数量。

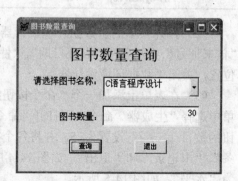

图 14-6 "图书数量查询"表单

具体实验步骤如下。

（1）新建一个表单，添加如图 14-6 所示的控件，并设置相应属性，如表 14-3 所示。

表 14-3 "图书数量查询"表单和各控件主要属性设置

对象名	属 性 名	属 性 值	对象名	属 性 名	属 性 值
Form1	Caption	图书数量查询	Label3	Caption	图书数量：
	AutoCenter	.T.		FontSize	12
	AlwaysOnTop	.T.		AutoSize	.T.
Label1	Caption	图书数量查询	Combo1	FontSize	12
	FontSize	20		RowSourceType	6-字段
	AutoSize	.T.		RowSource	图书信息.图书名称
Label2	Caption	请选择图书名称：	Text1	FontSize	12
	FontSize	12	Command1	Caption	查询
	AutoSize	.T.	Command2	Caption	退出

（2）编写"查询"按钮（Command1）的 Click 事件代码。

```
Select 数量 From 图书信息 Where 图书名称=ThisForm.Combo1.Value Into Array w
ThisForm.Text1.Value=w
```

（3）编写"退出"按钮（Command2）的 Click 事件代码。

```
ThisForm.Release
```

（4）将表单以"图书数量查询.scx"为名保存在默认路径下，并运行表单，运行效果如图 14-6 所示。

【实验 14-4】 列表框控件的使用

创建一个如图 14-7 所示表单（列表框的使用.scx）。表单中有两个标签，两个列表框，四个命令按钮，设置控件的相应属性值。运行表单时，在第一个列表框中显示"读者信息"表中的字段，单击相应按钮则可完成两个列表框中项目的相互移动。

具体实验步骤如下。

（1）新建一个表单，在数据环境添加"读者信息"表。

（2）向表单中添加如图 14-7 所示的控件，并设置相应属性，如表 14-4 所示。

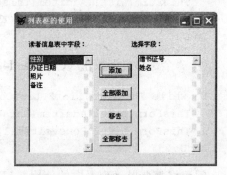

图 14-7 "列表框的使用"表单

表 14-4　"图书数量查询"表单和各控件主要属性设置

对象名	属 性 名	属 性 值	对象名	属 性 名	属 性 值
Form1	Caption	列表框的使用	List1	RowSourceType	8-结构
	AutoCenter	.T.		RowSource	读者信息
	AlwaysOnTop	.T.	Command1	Caption	添加
Label1	Caption	读者信息表中字段:	Command2	Caption	全部添加
	AutoSize	.T.	Command3	Caption	移去
Label2	Caption	选择字段:	Command4	Caption	全部移去
	AutoSize	.T.			

（3）编写四个命令按钮的 Click 事件代码。

① "添加"按钮（Command1）的代码如下。

```
For i=1 To ThisForm.List1.ListCount
  If ThisForm.List1.Selected(i)
    ThisForm.List2.Additem(ThisForm.List1.List(i))
    ThisForm.List1.Removeitem(i)
  EndIf
EndFor
```

② "全部添加"按钮（Command2）的代码如下。

```
Do while ThisForm.List1.ListCount>0
  ThisForm.List2.Additem(ThisForm.List1.List(1))
  ThisForm.List1.Removeitem(1)
EndDo
```

③ "移去"按钮（Command3）的代码如下。

```
If ThisForm.List2.ListCount＞0
  ThisForm.List1.Additem(ThisForm.List2.List(ThisForm.List2.ListIndex))
  ThisForm.List2.Removeitem(ThisForm.List2.ListIndex)
EndIf
```

④ "全部移去"按钮（Command4）的代码如下。

```
Do while ThisForm.List2.ListCount>0
  ThisForm.List1.Additem(ThisForm.List2.List(1))
  ThisForm.List2.Removeitem(1)
EndDo
```

（4）将表单以"列表框的使用.scx"为名保存在默认路径下，并运行表单，运行效果如图 14-7 所示。

三、能力测试

创建一个名为"图书查询.scx"的表单，该表单用于查询"图书信息"中的数据，表单的运行界面如图 14-8 所示。读者可按"图书编号"和"图书名称"两种方法进行查询图书信息，当选择"图书编号"选项按钮时，查询提示信息显示"请输入图书编号："，当读者输入图书编号后，单击"查询"按钮，在表单中显示该编号的图书基本信息，如图 14-8 所示。当选择"图书名称"选项按钮时，查询提示信息显示"请输入图书名称："。读者输入图书名称之后，单击"查询"按钮，则在表单中显示该名称的图书基本信息，如图 14-9 所示。

图 14-8 按"图书编号"查询

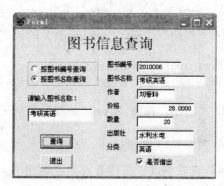
图 14-9 按"图书名称"查询

实验十五 表单常用控件（三）

一、实验目的

掌握表格、页框和计时器等控件的常用属性设置及常用事件和方法的使用。

二、实验内容

【实验 15-1】 表格控件的使用

创建一个如图 15-1 所示的表单（按作者姓名查询图书.scx），运行表单时，在组合框中选择一个作者姓名，单击"查询"按钮，则在表格中显示该作者所著图书信息。

具体实验步骤如下。

（1）新建一个表单，在数据环境添加"图书信息"表。

（2）向表单中添加如图 15-1 所示的控件，并

图 15-1 "按作者姓名查询图书"表单

设置相应属性，如表 15-1 所示。

表 15-1   "按作者姓名查询图书"表单和各控件主要属性设置

对象名	属 性 名	属 性 值	对象名	属 性 名	属 性 值
Form1	Caption	按作者姓名查询图书	Combo1	RowSourceType	6-字段
	AutoCenter	.T.		RowSource	图书信息.图书名称
	AlwaysOnTop	.T.	Grid1	RowSourceType	4-SQL 说明
Label1	Caption	请选择作者姓名：	Command1	Caption	查询
	AutoSize	.T.	Command2	Caption	退出

（3）编写两个命令按钮的 Click 事件代码。

① "查询"按钮（Command1）的代码如下。

```
ThisForm.Grid1.RecordSource=;
"Sele * From 图书信息 Where 作者=ThisForm.Combo1.Value Into Cursor w"
```

② "退出"按钮（Command2）的代码如下。

```
ThisForm.Release
```

（4）将表单以"按作者姓名查询图书.scx"为名保存在默认路径下，并运行表单，运行效果如图 15-1 所示。

【实验 15-2】 页框控件的使用

创建如图 15-2 和图 15-3 所示的表单（读者借阅信息查询.scx），表单中包含一个页框控件，页框控件由两个页面组成，标题分别为"读者信息"和"借阅信息"，在每个页面上分别显示对应数据表的相关内容。

图 15-2 "读者信息"页面   图 15-3 "借阅信息"页面

具体实验步骤如下。

（1）创建一个表单，打开"数据环境设计器"，添加"读者信息"表和"借阅信息"表。

（2）向表单中添加一个页框控件和一个命令按钮控件，设置表单和相关控件的属性，如表 15-2 所示。

表 15-2 "读者情况查询"表单和各控件主要属性设置

对象名	属性名	属性值	对象名	属性名	属性值
Form1	Caption	读者情况查询	PageFrame1	PageCount	2
	AutoCenter	.T.	Command1	Caption	退出
	AlwaysOnTop	.T.			

(3) 在"页框"控件上右击,在弹出的快捷菜单中选择"编辑"命令,则"页框"控件处于编辑状态,选择 Page1 页面,将其 Caption 属性设置为"读者信息",并将"数据环境设计器"中的"读者信息"表的"借书证号"、"姓名"、"办证日期"和"性别"字段拖拽到 Page1 页面的适当位置上,然后在"读者信息"页面中添加两个命令按钮,标题分别为"上一条"和"下一条",如图 15-4 所示。选择 Page2 页面,将其 Caption 属性设置为"借阅信息",并将"数据环境设计器"中的"借阅信息"表拖拽到"借阅信息"页面上。如图 15-5 所示。

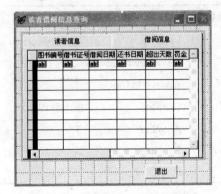

图 15-4 "读者信息"页面的设置　　　　图 15-5 "借阅信息"页面的设置

(4) 选择"读者信息"页面,分别编写"上一条"和"下一条"按钮的 Click 事件代码。

① "上一条"按钮的代码如下。

```
Skip -1
If Bof()
    Go Bottom
EndIf
ThisForm.Refresh
```

② "下一条"按钮的代码如下。

```
Skip
If Eof()
    Go Top
EndIf
ThisForm.Refresh
```

(5) 最后编写"退出"按钮的 Click 事件代码。

```
ThisForm.Release
```

（6）将表单以"读者借阅信息查询.scx"为名保存在默认路径下，并运行表单，运行效果如图 15-2 和图 15-3 所示。

【实验 15-3】　计时器控件的使用

图 15-6　"动态标签"表单的设计界面

设计一个如图 15-6 所示表单（动态标签.scx），运行表单时，单击"移动"按钮，"图书管理系统"标签在表单中水平向右循环移动，单击"停止"按钮，标签停止移动。

具体实验步骤如下。

（1）创建一个表单，向表单中添加如图 15-6 所示的控件，设置表单和相关控件的属性，如表 15-3 所示。

表 15-3　"动态标签"表单和各控件主要属性设置

对象名	属 性 名	属 性 值	对象名	属 性 名	属 性 值
Form1	Caption	动态标签	Command1	Caption	移动
	AutoCenter	.T.	Command2	Caption	停止
	AlwaysOnTop	.T.	Timer1	Enabled	.F.
Label1	Caption	图书管理系统		Interval	1000
	AutoSize	.T.			
	FontSize	28			
	ForeColor	255,0,0			

（2）编写时钟控件的 Timer 事件代码。

```
If ThisForm.Label1.Left >= ThisForm.Width
  ThisForm.Label1.Left = -ThisForm.Label1.Width
Else
  ThisForm.Label1.Left = ThisForm.Label1.Left +10
Endif
```

（3）编写两个命令按钮的 Click 事件代码。

① "移动"按钮（Command1）的代码如下。

```
ThisForm.Timer1.Enabled = .T.
```

② "停止"按钮（Command2）的代码如下。

```
ThisForm.Timer1.Enabled = .F.
```

（4）将表单以"动态标签.scx"为名保存在默认路径下，并运行表单，运行效果如图 15-7 所示。

图 15-7　"动态标签"运行结果

三、能力测试

创建一个名为"图书管理系统信息查询.scx"的表单，要求表单上有一个页框，页框中包含两个页面，分别用于"图书查询"和"读者查询"。运行表单时，选择"图书查询"页面标签，则显示如图 15-8 所示界面，可以分别按照"图书编号"和"图书名称"对图书信息进行查询，查询结果显示在下面的表格中，"清空"按钮可清空两个文本框中的信息。选择"读者查询"页面标签，则显示如图 15-9 所示界面，可以分别按照"借书证号"和"读者姓名"对读者信息进行查询。单击"退出"按钮则可退出表单的运行。

图 15-8 "图书查询"页面

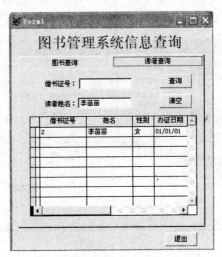

图 15-9 "读者查询"页面

实验十六 报表和标签的设计

一、实验目的

（1）学习使用报表向导。
（2）掌握设计报表的方法。
（3）掌握设计标签的方法。

二、实验内容

【实验 16-1】 使用报表向导创建报表

（1）使用报表向导建立一个名为 report1 的报表，要求如下：

① 要求选择"图书信息"表中的图书编号、图书名称、作者、价格、数量、出版社

字段。报表样式为："简报"，报表标题"图书信息表"。

② 按"出版社"字段分组 。

③ 求所有记录及分组记录的价格的最大值，最小值，平均值。

④ 报表布局：列报表，列数：1，方向为"纵向"。

⑤ 排序字段为：作者（升序排序）。

具体实验步骤如下。

① 在向导选取中选择"报表向导"，单击"确定"按钮。

② 字段选取。在数据库和表列表框中选择需要创建报表的表或者视图，然后选取相应字段，如图 16-1 所示。

③ 单击"下一步"按钮，对记录进行分组，本例中，按"出版社"字段进行分组，如图 16-2 所示。

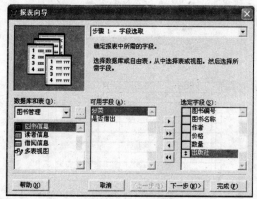

图 16-1　字段选取　　　　　　　　　图 16-2　分组选取

单击"总结选项"按钮，可以进入"总结选项"对话框，如图 16-3 所示，从中可以选择对某一字段取相应的特定值，如平均值，进行总计并添加到输出报表中去，本例中，求价格的最大值，最小值，平均值。

④ 单击"下一步"按钮，选择报表样式，可以有 5 种标准的报表风格供用户选择，当单击任何一种模式时，向导都在放大镜中更新成该样式的示例图片，如图 16-4 所示。

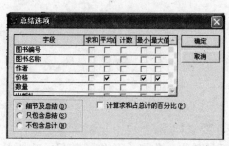

图 16-3　总结选项

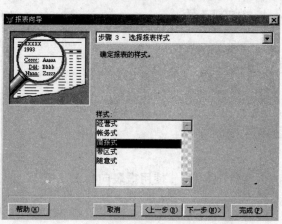

图 16-4　报表样式

⑤ 单击"下一步"按钮，定义报表布局，如图 16-5 所示。

⑥ 单击"下一步"按钮，从可用字段或索引标志中选择用来排序的字段，并确定升、降序规则，本例中按作者升序排序，如图 16-6 所示。

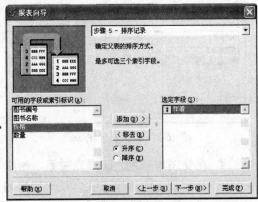

图 16-5　报表布局　　　　　　　　　　　图 16-6　排序记录

⑦ 单击"下一步"按钮，定义报表标题并完成报表向导，如图 16-7 所示。

图 16-7　完成

（2）使用一对多报表向导建立一个名为 report2 的报表，要求如下。

① 选择父表"读者信息"中的借书证号、姓名，子表"借阅信息"中的图书编号、借阅日期，报表样式为："经营式"。

② 报表布局：方向为"横向"。

③ 排序字段为：借书证号（升序排序）。

④ 报表标题为"读者借阅信息"。

具体实验步骤如下。

① 确定父表，如图 16-8 所示，并从中选定希望建立报表的字段。这些字段将组成"一对多报表"关系中最主要的一方，并显示在报表的上半部。

② 确定子表，如图 16-9 所示，并从中选取字段。子表的记录将显示在报表的下半部分。

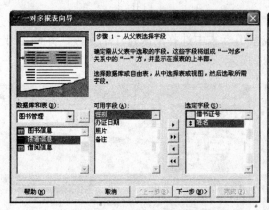

图 16-8　从父表选定字段　　　　　　图 16-9　从子表选定字段

③ 在父表与子表之间确立关系，如图 16-10 所示，从中确定两个表之间的相关字段。

④ 确定父表的排序方式，从可用字段或索引标志中选择用于排序的字段并确定升降序规则。本例中按借书证号升序排序，如图 16-11 所示。

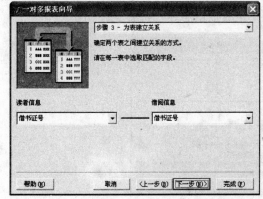

图 16-10　建立父表与子表之间的关系　　　　　　图 16-11　排序记录

⑤ 选择报表样式，如图 16-12 所示。

⑥ 定义报表标题并完成"一对多报表向导"，用户可以单击"预览"按钮以查看报表输出效果，并随时按"上一步"按钮更改设置，如图 16-13 所示。

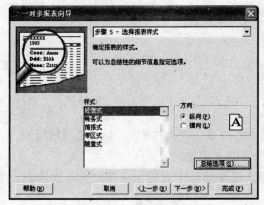
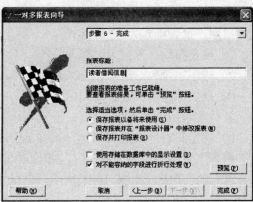

图 16-12　报表样式　　　　　　图 16-13　完成

【实验 16-2】 创建快速报表

为"图书信息"表创建一个快速报表"图书信息报表"。

具体实验步骤如下。

（1）在"文件"菜单中选择"新建"命令。

（2）在"新建"窗口中选择"报表"，单击"新建文件"按钮，打开"报表设计器"窗口。将表（数据源）添加到报表的数据环境中。

（3）在"报表"菜单中选择"快速报表"命令，如果没有打开的数据源（表），系统将弹出"打开"对话框，从中选定要使用的表。本例中，选定"图书信息"表，然后单击"确定"按钮，出现如图 16-14 所示的"快速报表"对话框。在对话框中可以为报表选择所需要的字段，字段布局以及标题和别名选项。对话框的上方有两个大按钮，左边的是按列布局，右面的是按行布局。

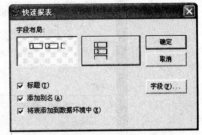

图 16-14 "快速报表"对话框

（4）选择列布局。单击"确定"按钮，用户在"快速报表"中选中的选项反映在"报表设计器"的报表布局中，如图 16-15 所示。

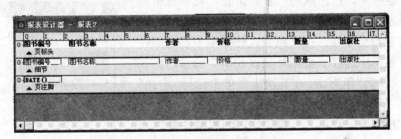

图 16-15 快速报表设计的报表

（5）在空白区域右击，在弹出的快捷菜单中选择"预览"命令，在"预览"窗口中可以看到快速报表的结果，如图 16-16 所示。

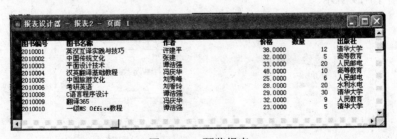

图 16-16 预览报表

（6）选择"文件"菜单下的"保存"命令，保存报表，其文件名为"图书信息报表"。

【实验 16-3】 使用报表设计器创建报表

下面以"图书信息"表为例，使用报表设计器设计报表，报表预览后的效果如图 16-17 所示。

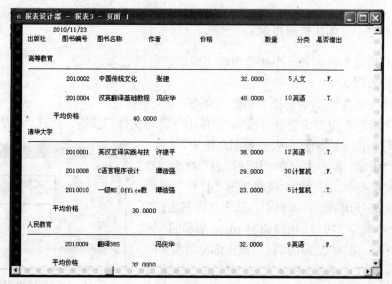

图 16-17　预览

具体实验步骤如下。

（1）新建报表。在出现的"新建报表"对话框中选择"新建报表"进入"报表设计器"。

（2）设置数据环境。在"报表设计器"中右击，在弹出的快捷菜单中选择"数据环境设计器"命令，再在"数据环境设计器"里右击，在其快捷菜单中选择"添加"命令，弹出"添加表或视图"对话框，如图 16-18，选中"图书信息"表，双击之，将其加入到数据环境中。

（3）在报表设计器的"数据环境"中，选择表，右击之，在弹出的快捷菜单选择"属性"命令，在打开的"属性"对话框中，选定 ORDER 属性，选择索引标识"出版社"，如图 16-19 所示。

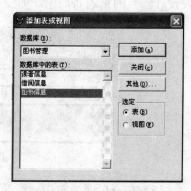

图 16-18　添加表或视图

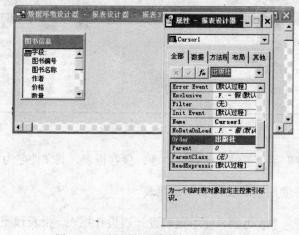

图 16-19　设置临时表的 ORDER 属性

（4）显示标题带区和分组带区。执行"报表"→"标题/总结"命令，弹出"标题/总结"对话框，选择"标题带区"后单击"确定"按钮，报表设计器中显示"标题"带区。

（5）执行"报表"→"数据分组"命令，弹出"数据分组"对话框。在"分组表达式"文本框中输入"图书信息.出版社"（也可通过单击"表达式生成器"生成此字段），如图16-20所示，单击"确定"按钮，报表设计器中弹出"出版社"的组标头和组注脚。

（6）设置显示的字段。选择"组标头：出版社"选项，拖动鼠标，调整组标头带区的大小。打开"报表数据环境"，选择"图书信息"表，将表中的"出版社"字段拖动到报表设计器的"组标头"带区，如图16-21所示。

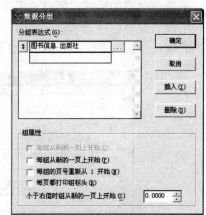

图16-20 数据分组

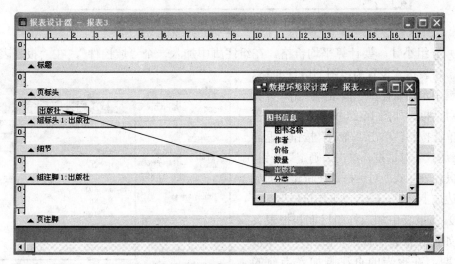

图16-21 拖动字段

采取同样的方法，将"学生"表的其他字段拖动到细节带中去，如图16-22所示。

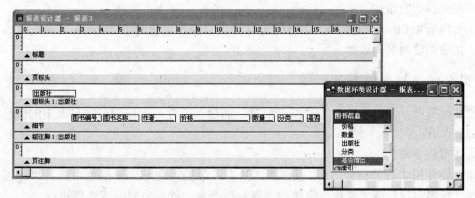

图16-22 设置细节带区显示的字段

（7）为报表中的字段名加上标签。与表单不同，从"数据环境"中拖动到报表中的字段，不能自动添加标签，所以要手工为这些字段添加标签，说明这些字段的含义。将相应报表字段的说明标签加入页标头中，使用报表控件中的"线条"工具，在"组标头"和"细节"之间画一条水平线，如图 16-23 所示。

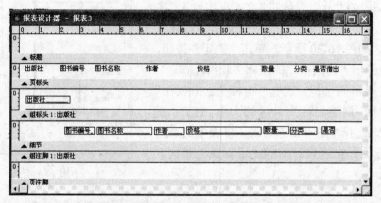

图 16-23　报表中的字段名加上标签和水平线

（8）分组小计。要计算平均价格，在组注脚中加入一个"域控件"，在"报表表达式"对话框，将表达式设置为：图书信息.价格。在对话框中单击"计算"按钮，弹出"计算字段"对话框，如图 16-24 所示；选中"平均值"单选按钮，单击"确定"按钮，返回"报表表达式"对话框，单击"确定"按钮，关闭"报表表达式"对话框。在新建立的域控件前边加上标签，输入"平均价格"。

（9）在报表中加入打印日期和报表页数。例如，在报表的标题带区加入打印报表的日期，在报表的页注脚加入当前的页码。

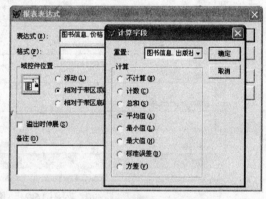

图 16-24　设置分组小计

在标题带区增加一个域控件，在出现的对话框中输入"Date()"函数，单击"确认"按钮，完成日期的添加。

在页注脚增加一个域控件，在出现的对话框中输入系统变量_PageNo，单击"确认"按钮，完成当前的页码添加。

【实验 16-4】　标签设计

使用标签向导建立一个名为"图书信息"的标签文件，打印图书信息表中的信息，如图 16-25 所示。

具体实验步骤如下。

如果要使用"标签向导"，可以在"工具"菜单的"向导"子菜单中选择"标签"命令进入"标签向导"或"文件"菜单的"新建"命令，然后按照以下步骤进行。

（1）选择需要建立标签的数据库表、自由表或视图文件。

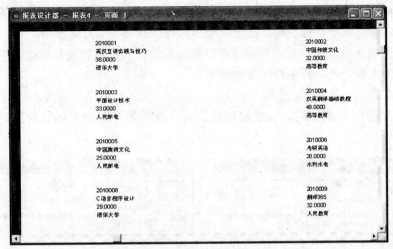

图 16-25　图书信息标签

（2）所需的标签样式，如图 16-26，向导列出了 Visual FoxPro 安装的标准标签类型。

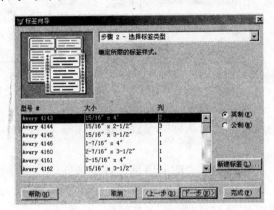

图 16-26　确定标签类型

用户可以选择一种标准标签类型，也可以通过单击"新建标签"按钮，建立用户自定义标签布局。当用户在"自定义标签"对话框中选择"新建"命令后，Visual FoxPro 将弹出图 16-27 所示对话框。

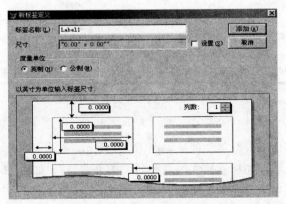

图 16-27　定制用户自定义标签

　　在"新标签定义"对话框的"标签名称"文本框中，用户可以为新的标签定义输入一个名字，当创建完一个新标签时，该名字会显示在"新标签"对话框中。

　　在标签说明上面显示的文本框中，可以键入标签的高度、宽度和边距，也可以在"列数"微调按钮中指定在一行中打印多少标签。

　　（3）定义布局，如图 16-28 所示。

　　（4）选择排序记录方式，系统将按照选定字段的顺序对记录进行排序，如图 16-29 所示。

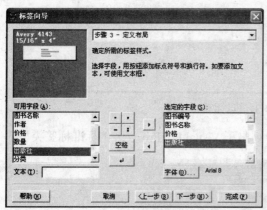

图 16-28　设置标签布局

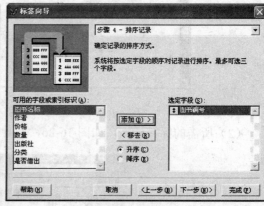

图 16-29　排序记录

　　（5）单击"浏览"按钮，以查看标签设置的效果。用户可以单击"上一步"按钮以修改预览后认为不合适的设置。当确认标签设置并键入标签文件名后，保存标签，完成标签的新建。

　　使用标签设计器对上面建立的"图书信息"标签文件进行修改，利用"报表控件工具栏"中的"标签控件"为其添加一个文本"图书信息卡"，再添加一个圆角矩形控件，以达到美观的效果，预览效果如图 16-30 所示。

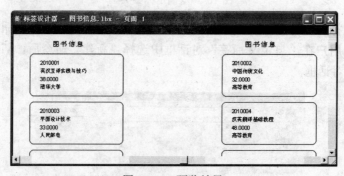

图 16-30　预览效果

　　具体实验步骤如下。

　　（1）打开"图书信息"标签文件，如图 16-31 所示。

　　（2）在列标头区域添加标签控件，并命名"图书信息"，如图 16-32 所示。

　　（3）添加一个圆角矩形控件，如图 16-33 所示。

　　（4）单击"浏览"按钮，以查看标签设置的效果。

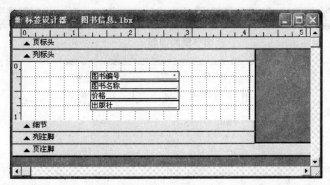

图 16-31　报表设计器

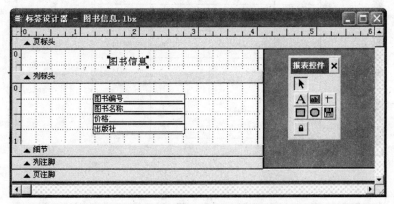

图 16-32　添加标签控件

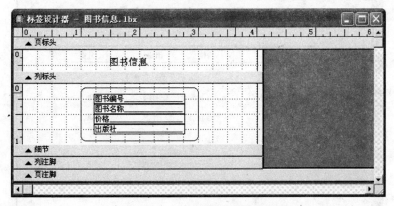

图 16-33　添加图角矩形控件

三、能力测试

1. 根据"图书借阅信息"表，用报表设计器创建报表 report，报表预览后的效果如图 16-34 所示。

2. 根据"图书借阅信息"表，用报表设计器创建报表 myreport，报表预览后的效果如图 16-35 所示。

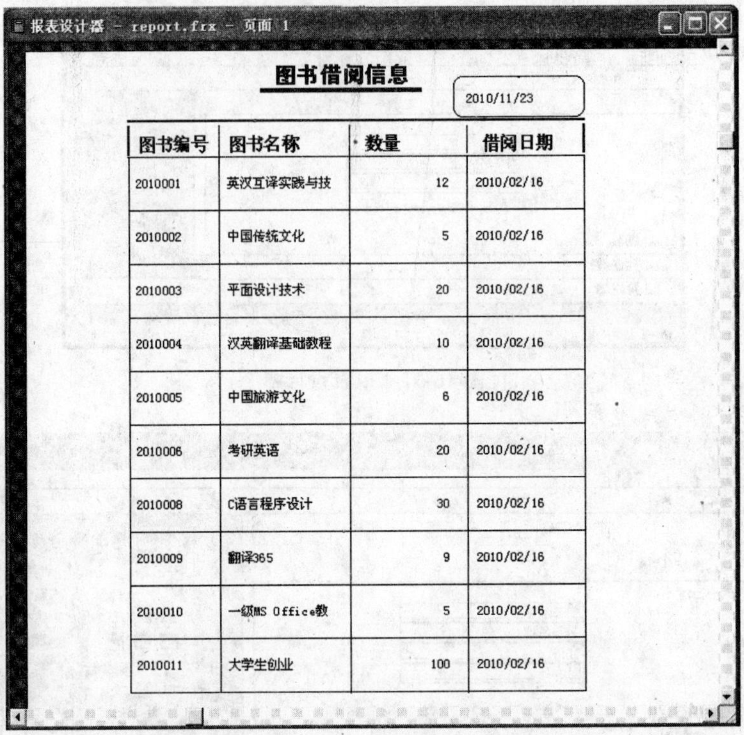

图书编号	图书名称	数量	借阅日期
2010001	英汉互译实践与技	12	2010/02/16
2010002	中国传统文化	5	2010/02/16
2010003	平面设计技术	20	2010/02/16
2010004	汉英翻译基础教程	10	2010/02/16
2010005	中国旅游文化	6	2010/02/16
2010006	考研英语	20	2010/02/16
2010008	C语言程序设计	30	2010/02/16
2010009	翻译365	9	2010/02/16
2010010	一级MS Office教	5	2010/02/16
2010011	大学生创业	100	2010/02/16

图 16-34　report 报表预览效果

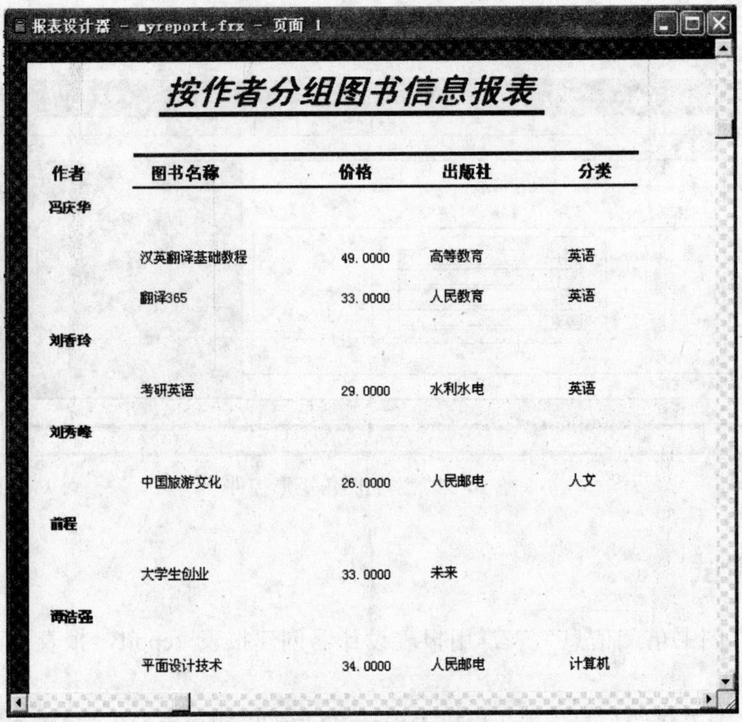

作者	图书名称	价格	出版社	分类
冯庆华				
	汉英翻译基础教程	49.0000	高等教育	英语
	翻译365	33.0000	人民教育	英语
刘香玲				
	考研英语	29.0000	水利水电	英语
刘秀峰				
	中国旅游文化	26.0000	人民邮电	人文
前程				
	大学生创业	33.0000	未来	
谭浩强				
	平面设计技术	34.0000	人民邮电	计算机

图 16-35　myreport 报表预览效果

实验十七 菜单设计

一、实验目的

（1）学习使用菜单设计器。

（2）掌握使用设计器设计菜单的方法。

（3）掌握使用设计器设计快捷菜单的方法。

（4）掌握指定菜单所要执行的任务。

（5）掌握菜单的基本操作。

二、实验内容

【实验 17-1】 创建菜单

使用"快速菜单"方式创建菜单的具体实验步骤如下。

（1）选择"文件"→"新建"命令，在"新建"对话框中选择"菜单"单选按钮，单击"新建文件"按钮。

（2）出现"新建菜单"对话框，单击"菜单"按钮，出现"菜单设计器"窗口，如图 17-1（a）所示。

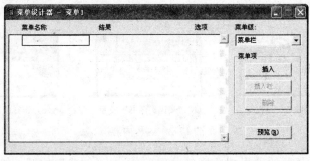

（a）

（b）

图 17-1 "菜单设计器"

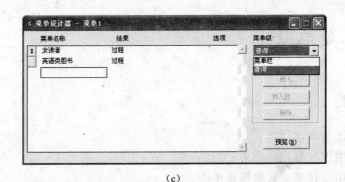

（c）

图 17-1　"菜单设计器"（续）

（3）选择"菜单"→"快速菜单"命令，"菜单设计器"窗口变为图 17-1（b）所示，此时的"菜单设计器"中包含了 Visual FoxPro 主菜单系统。

（4）选择"帮助"菜单，单击"删除"按钮，在弹出的提示框中单击"是"按钮，即删除了"帮助"菜单。用同样方式删除"窗口"、"程序"和"工具"菜单。

（5）选择"编辑"菜单，单击"插入"按钮，就在"编辑"菜单的前面插入了新菜单，菜单名称改为"查询"。用同样的方式插入"浏览"和"退出"。

① 在"查询"菜单的结果中选择"子菜单"，单击后面的"创建"按钮，按如图 17-1（c）所示设置子菜单，子菜单包括"女读者"和"英语类图书"两项，结果都选择"过程"，单击"女读者"后"创建"按钮，输入如图 17-2（a）所示内容，然后关闭该界面。用同样方式在"英语类图书"菜单的"过程"中输入如图 17-2（b）所示内容，然后关闭该界面。选择"菜单级"中的"菜单栏"，返回上一级菜单。

（a）"女读者"过程　　　　（b）"英语类图书"过程　　　　（c）"浏览"过程

图 17-2　过程内容

② 在"浏览"菜单的结果中选择"过程"，单击"创建"按钮，输入如图 17-2（c）所示内容。

③ 在"退出"菜单的结果中选择"命令"，在后面的文本框中输入：

```
SET SYSMENU TO DEFAULT
```

（6）选择"菜单"→"生成"命令，在出现的提示框中单击"是"按钮，出现"另存为"对话框，在"保存菜单为"输入 a，单击"保存"按钮。

（7）出现"生成菜单"对话框，如图 17-3 所示，单击"生成"按钮，关闭"菜单设计器"，在出现的提示框中单击"是"按钮。

（8）选择"程序"→"运行"命令，选择 a.mpr 文件。运行菜单如图 17-4 所示。

（9）执行并体会各菜单及子菜单命令功能。

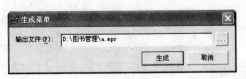

图 17-3　"生成菜单"对话框

图 17-4　运行菜单

【实验 17-2】 为顶层表单添加菜单

利用"菜单设计器"创建菜单，菜单结构如表 17-1 所示，并将菜单添加到顶层表单上。

表 17-1　图书管理系统主菜单结构

借阅情况（A）	信息查询（F）	报表打印（P）	退出（Q）
读者借阅情况（Ctrl+R）	图书信息		退出系统
图书借阅情况（Ctrl+T）	读者信息		退出 VFP
	图书查询		

1. 创建菜单

（1）在"命令"窗口中输入：CREATE MENU MAIN 命令，按回车键，出现"新建菜单"对话框，单击"菜单"按钮，出现"菜单设计器"窗口。

（2）按如图 17-5 所示，设置所有菜单项，"借阅情况"菜单名后面的（\<A），表示为该菜单添加访问键，当运行菜单时，访问键会显示在菜单栏中，使用 Alt+A 组合键就可以访问"借阅情况"菜单。

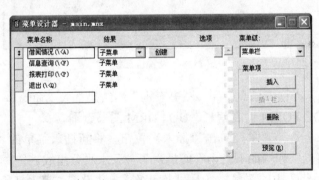

图 17-5　设计主菜单

（3）选择"借阅情况"菜单，结果选择"子菜单"，单击"创建"按钮，进入子菜单设计界面，按如图 17-6 所示设置子菜单。

① "读者借阅情况"菜单结果选择"命令"，在后面文本框中输入"DO FORM 读者借阅情况"。下面为"读者借阅情况"菜单设置快捷键：单击选项下的按钮，出现如图 17-7 所示"提示选项"对话框，光标移至"键标签"后文本框，同时按下 Ctrl 键和 R 键，文本框出现 Ctrl+R，单击"确定"按钮，选项按钮出现√。

② 用同样方式设置"图书借阅情况"菜单命令为"DO FORM 读者借阅图书情况"，快捷键为 Ctrl+T。

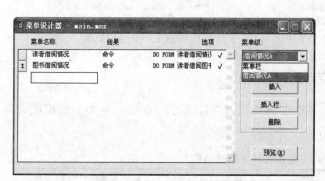

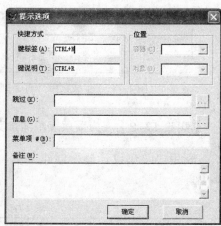

图 17-6　设计子菜单　　　　　　　　　　　图 17-7　设置快捷键

（4）选择"菜单级"中的菜单栏，返回上一级菜单。设置"信息查询"菜单及访问键，结果也选择"子菜单"，进入子菜单编辑界面，按如图 17-8 所示设计子菜单。

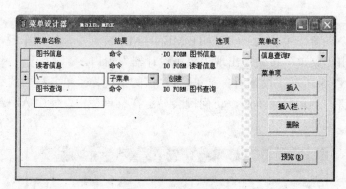

图 17-8　设置快捷键

① "图书信息"、"读者信息"和"图书查询"的结果都为"命令"，命令分别为：DO FORM 图书信息、DO FORM 读者信息、DO FORM 图书查询。

② 选择"图书查询"菜单，单击"插入"按钮，将新插入菜单的"菜单名称"改为"\-"，即在"读者信息"和"图书查询"间插入了一条水平分组线。

（5）选择"菜单级"中的菜单栏，返回上一级菜单。设置"报表打印"菜单及访问键，结果选择"过程"，单击"创建"按钮，在过程中输入命令：REPORT FORM report2，report2 为【实验 16-1】所建立的报表，关闭该窗口，返回菜单设计器。

（6）设置"退出"菜单及访问键，结果也选择"子菜单"，进入子菜单编辑界面。子菜单"退出系统"和"退出 VFP"的结果都为"命令"，命令分别为：图书管理系统欢迎界面.RELEASE、QUIT。设置完毕返回上一级菜单。

（7）选择"显示"→"常规选项"命令，出现"常规选项"对话框，如图 17-9 所示，选择右下角的"顶层表单"复选框，复选框中出现√，单击"确定"按钮。

（8）选择"菜单"→"生成"命令，在出现的提示框中单击"是"按钮，单击"生成菜单"对话框中的"生成"按钮，完成菜单的设计及生成操作，关闭"菜单设计器"。

2. 修改表单，把菜单添加到表单并运行，查看结果

（1）打开"图书管理系统欢迎界面"的表单设计器，将表单的 ShowWindow 属性值设为 2。

（2）在表单的 Init 事件代码中输入如下代码，用于调用菜单。

```
DO MAIN.MPR WITH THIS,"Z"
```

（3）在表单的 Destroy 事件代码中输入如下代码，用于清除菜单。

```
RELEASE MENU Z EXTENDED
```

（4）单击工具栏上的"运行"按钮，表单的运行界面如图 17-10 所示，分别执行菜单及子菜单命令。

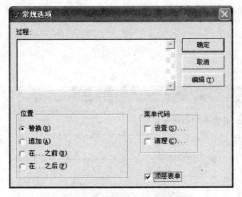

图 17-9　"常规选项"对话框

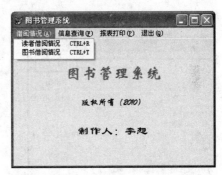

图 17-10　表单运行界面

【实验 17-3】　快捷菜单

创建一个可以进行"剪切"、"复制"和"粘贴"的快捷菜单。

1. 创建快捷菜单

（1）选择"文件"→"新建"命令，在"新建"对话框中选择"菜单"单选按钮，单击"新建文件"按钮。在"新建菜单"对话框中单击"快捷菜单"按钮，出现"快捷菜单设计器"窗口，如图 17-11 所示。

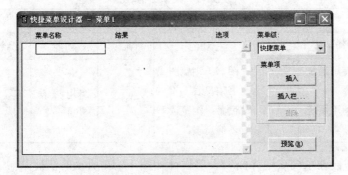

图 17-11　"快捷菜单设计器"窗口

（2）单击"插入栏…"按钮，出现如图 17-12 所示"插入系统菜单栏"对话框，拖动滚动条，选择"剪切"后，单击"插入"按钮，"剪切"菜单将出现在"快捷菜单设计器"窗口，用同样的方法添加"复制"和"粘贴"菜单后，单击"关闭"按钮。

（3）选择"菜单"→"生成"→"另存为"命令，在"保存菜单为"对话框中输入 kj，单击"保存"按钮，单击"生成菜单"对话框中的"生成"按钮，完成菜单的设计及生成操作。

2. 修改表单，把菜单添加到表单并运行，查看结果

（1）打开"图书查询"的表单设计器。

（2）在表单的 RightClick 事件代码中输入如下代码，用于调用菜单。

```
DO KJ.MPR
```

（3）保存表单，并运行表单，在表单空白区域右击，弹出快捷菜单，如图 17-13 所示。

图 17-12　"插入系统菜单栏"对话框

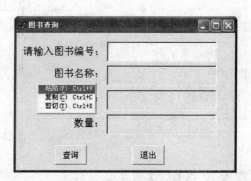

图 17-13　表单运行界面

三、能力测试

1. 设计一个下拉式菜单，菜单结构如表 17-2 所示。

表 17-2　菜单结构表

文　　件		查询（F）		报表打印（P）		退出（Q）	
结果	功能	结果	功能	结果	功能	结果	功能
子菜单	打开：使用系统菜单命令 关闭：使用系统菜单命令	子菜单	图书：浏览图书信息表 读者：浏览读者信息表	命令	调用报表report2	命令	恢复系统菜单

2. 为"图书管理系统欢迎界面"表单设计如图 17-14 所示的快捷菜单。

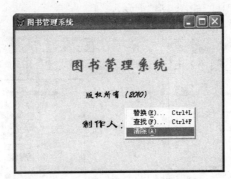

图 17-14　表单运行界面

实验十八　图书管理系统开发

一、实验目的

（1）学会利用项目管理器管理开发过程中所设计和创建的各种文件。
（2）掌握系统主文件的设置方法。
（3）掌握项目文件的连编方法。

二、实验内容

【实验 18-1】　向项目中添加系统所需文件

向【实验 1-5】中已建好的项目文件"图书管理系统.pjx"中添加该应用程序所需的各种文件，具体实验步骤如下。

（1）在 VFP 主窗口中，选择"文件"菜单中的"打开"命令，选定项目文件"图书管理系统"，再单击"确定"按钮，打开该项目文件，同时打开了"项目管理器"对话框，如图 18-1 所示。

（2）打开项目管理器对话框中的"数据"选项卡，然后选择"数据库"选项，单击"添加"按钮，弹出"打开"对话框，选定【实验 3-1】中创建的数据库文件"图书管理.DBC"，再单击"确定"按钮，则完成了将"图书管理.DBC"数据库向"图书管理系统"项目中添加的操作。

（3）展开"数据库"项，可看到刚添加的"图书管理"库文件，再展开刚添加的数据库"图书管理"，并展开"表"选项，可看到数据库中的"读者信息"、"借阅信息"和"图书信息"三个表，如图 18-2 所示。

（4）打开"文档"选项卡，选择"表单"项，将实验十二所创建的"读者信息.scx"、"读者借阅情况.scx"、"图书信息.scx"、"读者借阅图书情况.scx"、实验十三所创建的"图书管理系统欢迎界面.scx"、"图书管理系统登录.scx"及实验十四所创建的"图书查询.scx"

等表单添加到"表单"项中，如图 18-3 所示。

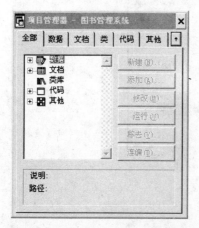

图 18-1   "图书管理系统"项目文件

图 18-2   添加"图书管理"数据库后的项目管理器

图 18-3   添加了表单文件后的项目管理器

　　注意：由于"图书管理系统欢迎界面"是"图书管理系统"运行的主界面，所以应该将该表单的 WindowState 属性设置为"2-最大化"；另外该系统在菜单 main.mpr 中调用了以上一些表单，所以应该将除了"图书管理系统登录表单"和"图书管理系统欢迎界面"两个表单之外的所有表单的 ShowWindow 属性设置为"1-在顶层表单中"，使这些表单都在"图书管理系统欢迎界面"这个顶层表单中运行。

　　（5）在"文档"选项卡中，选择"报表"项，将实验十六所创建的"图书信息报表.frx"及"report2.frx"报表文件添加到"报表"项中，如图 18-4 所示。

　　（6）打开"其他"选项卡，选择"菜单"选项，将实验十七所创建的"main.mpr"及"kj.mpr"添加到"菜单"选项中，如图 18-5 所示。

【实验 18-2】　创建"主程序"程序文件

　　在"图书管理系统"项目中创建一个名为"主程序.prg"的程序文件，该程序文件用于调用"图书管理系统登录表单.scx"建立系统的初始用户界面，并执行 READ EVENTS

命令来建立事件循环，具体实验步骤如下。

图 18-4 添加了报表文件后的项目管理器

图 18-5 添加了菜单文件后的项目管理器

（1）打开"代码"选项卡，选择"程序"选项，单击"新建"按钮，则打开程序编辑窗口，在程序编辑窗口中输入如下代码。

```
SET TALK OFF
CLEAR ALL
OPEN DATABASE 图书管理 EXCLUSIVE
DO FORM 图书管理系统登录表单.SCX
READ EVENTS
```

（2）将程序以"主程序.prg"为名保存到默认路径下。

（3）关闭程序编辑窗口，返回到"项目管理器"对话框，可看到"程序"项中已添加了一个程序文件，即"主程序"，如图 18-6 所示。

图 18-6 创建了"主程序"文件后的项目管理器

【实验 18-3】　创建"退出系统"程序文件

在"图书管理系统"项目中创建一个名为"退出系统.prg"的程序文件，该程序用于恢复系统环境设置，结束事件循环，具体实验步骤如下。

（1）打开"代码"选项卡，选择"程序"项，单击"新建"按钮，则打开程序编辑窗口，在程序编辑窗口中输入如下代码。

```
SET TALK ON
CLOSE ALL
CLEAR ALL
CANCEL
CLEAR EVENTS
```

（2）将程序以"退出系统.prg"为名保存到默认路径下。

（3）关闭程序编辑窗口，返回到"项目管理器"对话框，可看到"退出系统"已被添加到"程序"项中。

（4）由于该程序用于结束事件循环，所以应在 main 菜单中的"退出"菜单的"退出系统"子菜单中调用该程序。选择"其他"选项卡中"菜单"选项下的 main，然后单击"修改"打开"菜单设计器"，将"退出系统"子菜单的命令改为"do 退出系统.prg"，如图 18-7 所示。保存此修改，并单击"菜单"中的"生成"菜单命令生成菜单程序 main.mpr。关闭"菜单设计器"窗口，返回"项目管理器"对话框。

【实验 18-4】　设置项目的主文件

将"主程序.prg"设置为项目的主文件，具体实验步骤如下。

（1）在"主程序"选项上右击，弹出快捷菜单。

（2）在快捷菜单中选择"设置主文件"命令，则在"设置主文件"前出现"√"标记，表示已将"主程序"设置为项目的主文件，此时"主程序"为粗体显示（应用程序的主文件显示为粗体），如图 18-8 所示。

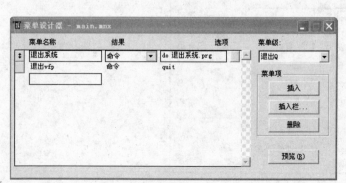

图 18-7　修改"退出系统"子菜单

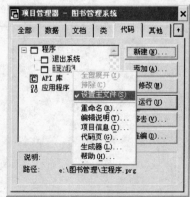

图 18-8　设置主文件

【实验 18-5】 连编项目文件，生成可执行文件

将"图书管理系统"项目文件连编生成可执行文件"图书管理系统.exe"，具体实验步骤如下。

（1）在连编项目之前，要先确定以下问题。

① 在项目管理器中添加所有参加连编的文件，如程序、表单、菜单、数据库、报表以及其他文本文件。

② 指定主文件。

③ 确定程序（包括表单、菜单、程序和报表）之间的明确调用关系。

④ 确定程序在连编完成之后执行路径和文件名。

（2）上述问题都确定之后，便可在"项目管理器"中，单击"连编"按钮，打开"连编选项"对话框，如图 18-9 所示。

（3）在"连编选项"对话框中的"操作"栏，可选择"连编应用程序"，生成.app 应用程序文件，也可选择"连编可执行文件"，建立一个.exe 可执行文件，这里选择"连编可执行文件"；在"选项"栏中，选定"重新编译全部文件"、"显示错误"、"连编后运行"选项。

（4）单击"确定"按钮，弹出"另存为"对话框，在文本框中输入可执行文件名"图书管理系统.exe"，如图 18-10 所示。

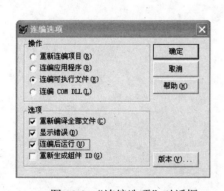

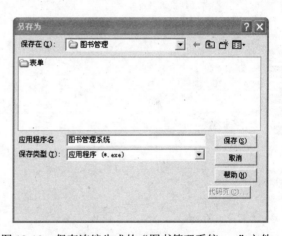

图 18-9 "连编选项"对话框　　　　　图 18-10 保存连编生成的"图书管理系统.exe"文件

（5）单击"保存"按钮，保存连编生成的"图书管理系统.exe"可执行文件，保存文件的同时运行此程序，运行结果如图 18-11 所示，即运行"主程序"中调用的"图书管理系统登录表单.scx"表单。

（6）在"用户名："文本框中输入 user，在"密码"文本框中输入"1234"，单击"确认"按钮，即进入了"图书管理系统"应用程序的主界面，如图 18-12 所示。

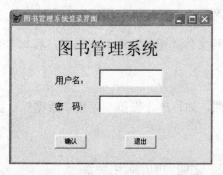 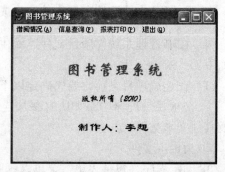

图 18-11　"图书管理系统"运行界面　　　图 18-12　"图书管理系统欢迎界面"运行界面

第二部分

同步练习

第1章　数据库技术基础

一、选择题

1. 数据库系统由____组成。

    A. 计算机软件系统，数据，数据库管理系统，相关软件，数据库管理员

    B. 计算机软件系统，数据库，数据库管理系统，相关软件，数据库管理员

    C. 计算机硬件系统，数据，数据库管理系统，相关软件，数据库管理员

    D. 计算机硬件系统，数据库，数据库管理系统，相关软件，数据库管理员

2. 数据库（DB），数据库系统（DBS），数据库管理系统（DBMS）之间的关系是____。

    A. DB 包括 DBS 和 DBMS   B. DBS 包括 DB 和 DBMS

    C. DBMS 包括 DBS 和 DB   D. 三者等级，没有包含关系

3. 数据库系统的核心是____。

    A. 数据库　　　B. 操作系统　　　C. 数据库管理系统　D. 文件

4. 数据处理的中心问题是____。

    A. 数据计算　　　B. 数据存储　　　C. 数据管理　　　　D. 数据传输

5. 存在计算机存储设备上，结构化的相关数据集合是指____。

    A. 数据库　　　　B. 数据库系统　　C. 数据库管理系统　D. 数据模型

6. 下列关于数据库系统的叙述中，正确的是____。

    A. 数据库系统比文件系统出现的冗余多

    B. 文件系统是数据和程序完全独立

    C. 数据库系统没有数据冗余

    D. 数据库系统实现了数据共享、减少了数据冗余

7. 计算机数据管理依次经历了____几个阶段。

    A. 人工系统、文件系统、数据库系统、分布式数据库系统和面向对象数据库系统

    B. 文件系统、人工系统、数据库系统、分布式数据库系统和面向对象数据库系统

    C. 数据库系统、文件系统、人工系统、分布式数据库系统和面向对象数据库系统

    D. 文件管理、数据库系统、人工系统、分布式数据库系统和面对象数据库系统

8. 用树形结构来表示实体之间联系的模型是____。

　　A．网状模型　　　　B．层次模型　　　　C．关系模型　　　　D．数据模型

9. Visual FoxPro 支持的数据模型是____。

　　A．层次模型　　　　B．网状模型　　　　C．关系模型　　　　D．联系模型

10. Visual FoxPro 是一种关系数据库管理系统，所谓关系是指____。

　　A．表中各记录间的关系　　　　　　B．表中各字段间的关系

　　C．数据模型符合满足一定条件的二维表　D．一个表与另一个表间的关系

11. 在下列关于关系模型的叙述中，正确的是____。

　　A．用二维表的形式表示实体和实体间联系的数据模型即为关系模型

　　B．数据管理系统用来表示实体及实体间联系的方法即为关系模型

　　C．用一维表的形式表示实体间联系的数据模型即为关系模型

　　D．用三维表的形式表示实体和实体间联系的数据模型即为关系模型

12. 在 Visual FoxPro 中，专门的关系运算不包括____。

　　A．选择　　　　　B．投影　　　　　C．联接　　　　　D．更新

13. 在 Visual FoxPro 中，一个____就是一个关系。

　　A．表　　　　　B．数据库　　　　　C．记录　　　　　D．库

14. 从表中取出满足条件的记录的操作是____。

　　A．选择　　　　　B．投影　　　　　C．连接　　　　　D．排序

15. 设有关系 R_1 和 R_2，经过关系运算得到结果 S，则 S 是____。

　　A．一个关系　　　B．一个表单　　　　C．一个数据库　　D．一个数组

16. 设有参加美术小组的学生关系 R，参加书法小组的学生关系 S，既参加美术又参加书法的学生用____运算。

　　A．交　　　　　B．差　　　　　C．并　　　　　D．笛卡儿积

17. 设有参加美术小组的学生关系 R，参加书法小组的学生关系 S，只参加美术，没参加书法的学生用____运算。

　　A．交　　　　　B．差　　　　　C．并　　　　　D．笛卡儿积

18. 从表中取出指定的属性的操作是____。

　　A．选择　　　　　B．投影　　　　　C．连接　　　　　D．排序

19. 下列关于数据的说法，不正确的是____。

　　A．数据（Data）是存储在某一媒体上能够识别的物理符号

　　B．歌曲是数据

　　C．1，2，3，4 是数据

　　D．文字、图片等非数字都不属于数据

20. 下列说法中，不正确的是____。

　　A．二维表中的每一列均有唯一的字段名

　　B．二维表中不允许出现完全相同的两行

　　C．二维表中行的顺序、列的顺序均可以任意交换

　　D．二维表中行的顺序、列的顺序不可以任意交换

二、填空题

1. 三种数据模型分别是＿＿＿＿、＿＿＿＿、＿＿＿＿。
2. DBAS 是＿＿＿＿。
3. 一个关系就是一张＿＿＿＿。
4. Visual FoxPro 是＿＿＿＿位的数据库管理系统，采用的数据模型是＿＿＿＿。
5. Visual FoxPro 是优秀的＿＿＿＿之一，它的英文缩写是＿＿＿＿。
6. 在 Visual FoxPro 中，起唯一标识作用的关键字为＿＿＿＿。
7. 在连接运算中，＿＿＿＿是去掉重复记录的等值连接。
8. 某个部门和职工的关系是＿＿＿＿对＿＿＿＿的联系。

第 2 章　Visual FoxPro 概述

一、选择题

1. 在 Visual FoxPro 中，若要隐藏或显示工具栏，应执行＿＿＿＿菜单中的"工具栏"命令。
   - A．显示
   - B．工具
   - C．编辑
   - D．窗口
2. 下列方法中，不能退出 Visual FoxPro 的一项是＿＿＿＿。
   - A．单击窗口标题栏右端的"关闭"按钮
   - B．单击"文件"菜单中的"退出"命令
   - C．单击"文件"菜单中的"关闭"命令
   - D．按 Alt+F4 组合键
3. 在 Visual FoxPro 中，显示命令窗口的操作正确的是＿＿＿＿。
   - A．单击常用工具栏上的"命令窗口"按钮
   - B．按 Ctrl + F2 组合键
   - C．单击"窗口"菜单中的"命令窗口"命令
   - D．以上方法均可以
4. 在 Visual FoxPro 中，隐藏命令窗口的操作正确的是＿＿＿＿。
   - A．单击常用工具栏上的"命令窗口"按钮
   - B．按 Ctrl + F4 组合键
   - C．单击"窗口"菜单中的"命令窗口"命令
   - D．以上方法均可以
5. 下面关于工具栏的叙述，错误的是＿＿＿＿。
   - A．可以创建自己的工具栏
   - B．可以修改系统提供的工具栏
   - C．可以删除用户创建的工具栏
   - D．可以删除系统提供工具栏
6. 如果要设置日期和时间的格式，应在"选项"对话框中的＿＿＿＿选项卡中进行。
   - A．显示
   - B．区域
   - C．数据
   - D．常规

二、填空题

1. 退出 Visual FoxPro 的命令是＿＿＿＿。

2. Visual FoxPro 提供了大量的辅助设计工具，可分为 3 大类：_____、_____、_____。

3. 在 Visual FoxPro 系统中_____是创建和修改应用系统各种组件的可视化工具。

4. 安装好 Visual FoxPro 后，系统提供了一个默认工作环境，要定义自己的工作环境，应选择_____菜单中的_____命令。

5. Visual FoxPro 是运行于 Windows 平台的_____系统；它既支持_____程序设计；又支持_____程序设计。

第 3 章 数据与数据运算

一、选择题

1. 在下列关于常量的叙述中，不正确的一项是____。

    A. 常量用以表示一个具体的、不变的值

    B. 常量是指固定不变的值

    C. 不同类型的常量的书写格式不同

    D. 不同类型的常量的书写格式相同

2. 货币型常量与数值型常量的书写格式类似，但也有不同，表现在____。

    A. 货币型常量前面要加一个 "$" 符号

    B. 数值型常量可以使用科学计数法，货币型常量不可以使用科学计数法

    C. 货币数据在存储和计算时采用 4 位小数，数值型常量在此方面无限制

    D. 以上答案均正确

3. 字符型常量的定界符不包括____。

    A. 单引号　　　　 B. 双引号　　　　 C. 花括号　　　　 D. 方括号

4. 下列关于字符型常量的定界符书写格式，不正确的是____。

    A. '我爱中国'　　　　　　　　　 B. ['20387']

    C. '朗朗乾坤"　　　　　　　　　 D. ["Visual ForPro6.0"]

5. 在命令窗口中输入下列命令：

```
?"Visual FoxPro"
??'好方法'
```

主屏幕上显示的结果是____。

    A. Visual FoxPro　　　　　　　　 B. Visual FoxPro　 好方法
       好方法

    C. A 和 B 都对　　　　　　　　　 D. Visual FoxPro 好方法

6. 下列符号中____能作为 Visual FoxPro 中的变量名。

    A. !abc　　　　 B. XYZ　　　　 C. 5you　　　　 D. good luck

7. 日期型常量的定界符是____。

    A. 单引号　　　 B. 花括号　　　 C. 方括号　　　 D. 双引号

8. 下列符号中，不能作为日期型常量的分隔符的是____。

    A. 斜杠(/)　　　 B. 连字号(-)　　　 C. 句点(.)　　　 D. 脱字符(^)

9. 下面货币型常量，正确的一项是____。

    A．$666.666   B．1323.4228$ C．$123.45321   D．$123.45E4

10. Visual FoxPro 系统默认工作环境下，在命令窗口中输入下列命令：

```
SET MARK TO [-]
?{^2002-06-27}
```

    主屏幕上显示的结果是____。

    A．06/27/02   B．06-27-02   C．2002-06-27   D．2002/06/27

11. 在命令窗口中输入下列命令：

```
SET CENTURY ON
SET MARK TO "."
?{^2002-06-27}
```

    主屏幕上显示的结果是____。

    A．06.27.2002   B．06.27.02   C．06/27/2002   D．06/27/02

12. 下列常量中，只占用 1 个字节内存空间的是____。

    A．数值型常量   B．字符型常量   C．日期型常量   D．逻辑型常量

13. 将 2005 年 3 月 17 日存入日期变量 X 的正确方法是____。

    A．STORE DTOC（"03/17/2005"）TO X

    B．STORE CTOD（03/17/2005）TO X

    C．STORE CTOD（"03/17/2005"）TO X

    D．STORE DTOC（03/17/2005）TO X

14. 在下列关于变量的叙述中，不正确的一项是____。

    A．变量值可以随时更改

    B．变量值不可以随时更改

    C．Visual FoxPro 的变量分为字段变量和内存变量

    D．在 Visual FoxPro 中，可以将不同类型的数据赋给同一个变量

15. 在 Visual FoxPro 中，T 表示____内存变量。

    A．字符型   B．数值型   C．日期   D．日期时间型

16. 在下列内存变量的书写中，格式不正确的是____。

    A．.com   B．Flash__8   C．MUMU   D．天天

17. 在下列关于内存变量和字段变量叙述错误的是____。

    A．内存变量和字段变量统称为变量

    B．当内存变量和字段变量名称相同时，系统优先引用字段变量

    C．当内存变量和字段变量名称相同时，系统优先引用内存变量名

    D．当内存变量和字段变量名称相同时，如果要使用内存变量，可以在内存变量名之前加前辍 M

18. 在命令窗口中输入下列命令：

```
STORE  4*5 TO X
?X
```

主屏幕上显示的结果是____。

　A. 4　　　　　　　B. 5　　　　　　　C. X　　　　　　　D. 20

19. 在命令窗口中输入下列命令：

```
X=1
STORE X+1 TO a,b,c
?a,b,c
```

主屏幕上显示的结果是____。

　A. X+1　　　　　B. 2　　　　　　C. 2 2 2　　　　　D. 1 1 1

20. 在 Visual FoxPro 中，求余运算和_____函数作用相同。

　A. MOD()　　　　B. ROUND()　　　C. PI()　　　　　D. SQRT()

21. 在命令窗口中输入下列命令：（□表示空格）

```
m= "发展□□□"
n="生产力"
? m-n
```

主屏幕上显示的结果是____。

　A. 发展□□□生产力　　　　　　　B. 发展生产力□□□

　C. m, n　　　　　　　　　　　　D. n, m

22. 表达式 3*4^2-5/10+2^3 的值为____。

　A. 55　　　　　B. 55.50　　　　C. 65.50　　　　D. 0

23. 清除第二个字符是 A 的内存变量使用的命令是____。

　A. RELEASE ALL LIKE ?A?　　　　B. RELEASE ALL LIKE ?A*

　C. RELEASE ALL LIKE *A*　　　　D. RELEASE ALL LIKE ?A

24. 打开职工表，包括 5 个字段：职工号、姓名、性别、基本工资、基本情况。将当前记录的职工号字段、姓名字段、基本工资字段复制到数组 ZHG 中，所用命令为____。

　A. SCATTER TO ZHG

　B. GATHER FROM ZHG

　C. SCATTER FIELDS 职工号，姓名，基本工资 TO ZHG

　D. SCATTER FIELDS 职工号 姓名 基本工资 TO ZHG

25. 执行如下命令

```
STORE .NULL. TO A
? A, ISNULL(A)
```

结果是____。

　A. NULL. .T.　　B. .NULL.　　　C. .T. .NULL.　　D. .NULL. .F.

26. 关系型表达式的运算结果总是____。

　A. 数值型数据　　B. 逻辑型数据　　C. 字符型数据　　D. 日期型数据库

27. 假设当前系统时间是 2003 年 6 月 25 日，则表达式 VAL(SUBSTR("2002"，2)+RIGHT(STR(YEAR(DATE())), 2))的值是____。

　A. 300　　　　　B. 2003　　　　C. 2000　　　　D. 203

28. ?["ABC"]结果是____。
    A. ABC B. "ABC" C. [ABC] D. ["ABC"]

29. 在 Visual FoxPro 中,ABS()函数的作用是____。
    A. 求数值表达式的绝对值 B. 求数值表达式的整数部分
    C. 求数值表达式的平方根 D. 求两个数值表达式中较大的一个

30. 在 Visual FoxPro 中,?ABS(-7*6)的结果是____。
    A. -42 B. 42 C. 13 D. -13

31. 函数?INT(53.76362)的运算结果是____。
    A. 53.77 B. 53.7 C. 53 D. 53.76362

32. 函数?SQRT(9)的运算结果是____。
    A. 3 B. 9 C. 0 D. -3

33. 函数?SIGN(4-7)的运算结果是____。
    A. 3 B. -3 C. 1 D. -1

34. 函数?ROUND(552.30727,4)的运算结果是____。
    A. 552 B. 552.307 C. 552.3073 D. 552.3072

35. 用 DIMENSION ARR(3,3)命令声明了一个二维数组后,再执行 ARR=3 命令,则____。
    A. 命令 ARR=3 创建了一个新的内存变量,它与数组无关
    B. 数组的第 1 个元素被赋值为 3
    C. 所有的数组元素均被赋值为 3
    D. 当存在数组 ARR 时,不可用 ARR=3 命令创建与数组同名的内存变量

36. 下列函数中,其值不为数值型的是____。
    A. LEN() B. DATE() C. SQRT() D. SIGN()

37. 在 Visual FoxPro 中,有下面几个内存变量的赋值语句:

```
M={^2007-01-28}
N=.T.
X="3.1415926"
Y=3.5234
Z=$12345
```

    执行以上赋值语句后,变量的数据类型分别是____。
    A. T、L、C、N、N B. T、M、N、C、N
    C. D、L、Y、C、Y D. D、L、C、N、Y

38. 下列四个表达式中,运算结果为数值的是____。
    A. ?CTOD(【07\21\02】)-20 B. ?500 + 200 = 400
    C. ?"100"-"50 " D. ?LEN(SPACE(4))+1

39. 函数 INT(数值表达式)的功能是____。
    A. 返回指定数值表达式的整数部分
    B. 返回指定数值表达式的绝对值
    C. 返回指定数值表达式的符号
    D. 返回指定数值表达式在指定位置四舍五入后的结果

40. 函数?AT（"万般皆下品"，"唯有读书高"）的结果是____。

    A．万般皆下品　　　　　　　　　　B．唯有读书高

    C．万般皆下品 唯有读书高　　　　　D．0

41. 连续执行以下命令之后，最后一条命令的输出结果是____。

```
X="A    "
?IIF("A"=X, X-"BCD", X+"BCD")
```

    A．A　　　　　　B．BCD　　　　　　C．A BCD　　　　D．ABCD

42. 使用命令 DECLARE MM(2, 3)定义的数组，包含的数组元素下标变量的个数为____。

    A．2 个　　　　　B．3 个　　　　　　C．5 个　　　　　　D．6 个

43. 在下面的 Visual FoxPro 表达式中，不正确的是____。

    A．{^2002-05-01 10:10:10 AM}-10　　　B．{^2002-05-01}-DATE()

    C．{^2002-05-01}+DATE()　　　　　　D．{^2002-05-01}+1000

44. 下面关于 Visual FoxPro 数组的叙述中，错误的是____。

    A．用 DIMENSION 和 DECLARE 都可以定义数组

    B．Visual FoxPro 只支持一维数组和二维数组

    C．一个数组中各个数组元素必须是同一种数据类型

    D．新定义数组的各个数组元素初值为.F.

45. 在下列函数中，函数值为数值的是____。

    A．AT（'人民', '中华人民共和国'）

    B．CTOD（'01/01/96'）

    C．BOF( )

    D．SUBSTR (DTOC(DATE( )),7)

46. 内存变量一旦定义后，它的____可以改变。

    A．类型和值　　　　B．值　　　　　C．类型　　　　　　D．宽度

47. 要求表文件某数值型字段的整数是 4 位，小数是 2 位，其值可能为负数，该字段的宽度应定义为____。

    A．8 位　　　　　B．7 位　　　　　　C．6 位　　　　　　D．4 位

48. 设 M="30"，执行命令?&M+20 后，其结果是____。

    A．3020　　　　　B．50　　　　　　　C．20　　　　　　　D．出错信息

49. 设 M="15"，N="M"，执行命令?&N+"05"的值是____。

    A．1505　　　　　B．20　　　　　　　C．M05　　　　　　D．出错信息

50. 下列表达式中，运算值为日期型的是____。

    A．YEAR(DATE())　　　　　　　　　B．DATE()-{12/15/99}

    C．DATE()-100　　　　　　　　　　D．DTOC(DATE())-"12/15/99"

二、填空题

1. 在 Visual FoxPro 中，创建数组的命令有_____和_____。

2. 逻辑型数据有_____和_____两个值。

3. 在 Visual FoxPro 中，数组必须先_____后_____。

4. 在 Visual FoxPro 中，数组元素的初始值是_____。

5. LEFT("你 1234567"，LEN("数据 A"))的计算结果是_____。

6. 下述命令执行后，S4 的值为_____。（□表示空格）

```
S1="AB□CD□□ "
S2="□EFG□"
S3=ALLT(S1)+ALLT(S2)
S4=SUBSTR(S3,5,2)
```

7. 表达式 STR(YEAR(DATE())+10)的数据类型为_____。

8. 表达式{09/18/2000}-{09/20/2000}的值是_____。

9. 数组的下限坐标最小是_____。

10. ?IIF(40＞34，50，500)结果是_____。

11. "学生"表有 9 个记录

```
USE  学生
GO  BOTTOM
SKIP
?RECNO()
```

结果是_____。

12. ?LEN(SPACE(5)-SPACE(3))的结果是_____。

13. ?LEN(SPACE(0))的结果是_____。

14. ?STUFF("GOODBOY"，5，0，"GIRL")的结果是_____。

15. ?35*2^3 的结果是_____。

16. 用一条命令给 A1，A2 同时赋值 20 的语句是_____。

17. ROUND (389.745,2)_____, ROUND (389.745,0)_____, ROUND (389.745,-2)_____, VAL("78A34")_____, VAL("A234")_____, VAL("-78.56")_____。

18. 有如下命令：

```
USE  学生  (学生表共 9 条记录)
?RECNO()
?BOF(),EOF()
SKIP  -1
?RECNO()
?BOF(),EOF()
GO  BOTTOM
?RECNO()
?BOF(),EOF()
SKIP
?BOF(),EOF()
?RECNO()
```

请给出每个结果_____。

19. 请写出下列表达式的结果

```
?"男"<"女"_____
?100<98_____
```

```
?{03/05/06}＞{08/11/05}_____
?"A"＞""D"_____
?"ab"="abc"_____
?"王老师"="王"_____
?"王老师"=="王"_____
?"王老师"$"王"_____
```

20. 日期型数据是越往_____越大。

21. 定义一个数组 DIME AA(2，3)，有_____个数组元素。

22. 20E20 是一个_____型常量。

23. VAL(SUBSTR("金飞腾有限公司",2))*LEN("MICRO SOFT WORD")的结果是_____。

24. ?LEN(SUBSTR("计算机学院",5,8)) 的结果是_____。

25. ?AT("大学"，"北京语言文化学院")的结果是_____。

26. ? "this"$"this is a string"的结果是_____。

    ? "IS"$"this is a string"的结果是_____。

27. 请将下列语句填充完整。

```
s1="2008 年奥运会预祝中国成功申办"
s2=subs(s1,13,8)+_____(s1,4)+_____(s1,12)+subs(s1,21,4)
?s2
```

最后输出结果为 "预祝中国申办 2008 年奥运会成功"。

28. 执行以下命令后结果是_____。

```
年龄=45
N="年龄"
?N, &N
```

29. □表示空格，?LEN("□国庆假期 AB")的结果是_____。

30. ?TYPE("04/01/03")_____， ?VARTYPE("04/01/03")_____。

第 4 章　项目管理器

一、选择题

1. 项目管理器中的 "关闭" 按钮用于____。
   A. 关闭项目管理器　　　　　　　　B. 关闭 Visual FoxPro
   C. 关闭数据库　　　　　　　　　　D. 关闭设计器

2. 在项目管理器中，如果某个文件前面出现加号标志，表示____。
   A. 该文件中只有一个数据项
   B. 该文件中有一个或多个数据项
   C. 该文件不可用
   D. 该文件只读

3. 在 Visual FoxPro 中，项目管理器窗口中的选项卡依次为____。
   A. 全部、数据、文档、表单、代码、其他

    B．数据、全部、表单、代码、其他、文档

    C．其他、全部、数据、文档、表单、代码

    D．全部、数据、文档、类、代码、其他

4．通过项目管理器窗口的按钮不可以完成的操作是____。

    A．新建文件   B．添加文件   C．删除文件   D．为文件重命名

5．我们说的某个项目包含某个文件指____。

    A．该项目和该文件之间建立了一种联系

    B．该文件不可以包含在其他项目中

    C．单独修改该文件不影响该项目

    D．该文件是该项目的一部分

二、填空题

1．项目文件的扩展名为_____。

2．数据选项卡中包含的主要文件有_____、_____、_____。

3．文档选项卡中包含的主要文件有_____、_____、_____。

4．代码选项卡中包含的主要文件有_____。

5．其他选项卡中包含的主要文件有_____、_____。

第5章　数据库与表的创建和操作

一、选择题

1．在 Visual FoxPro 中，打开一个数据库文件 GRADE 的命令是____。

    A．CREATE DATABASE GRADE   B．OPEN DATABASE GRADE

    C．CREATE GRADE   D．OPEN GRADE

2．Visual FoxPro 在建立数据库时，同时建立了扩展名为____的文件。

    A．dbc   B．dct   C．dcx   D．A,B,C

3．在下列创建数据库的方法中正确的是____。

    A．在"项目管理器"中打开"数据"选项卡，选择"数据库"，单击"新建"按钮

    B．在"新建"对话框上选择"数据库"，单击"新建文件"按钮

    C．在命令窗口中输入 CREATE DATABASE 数据库文件名

    D．以上方法都可以

4．在 Visual FoxPro 中，创建数据库的命令是 CREATE DATABASE[数据库文件名|?]，如不指定数据库名称或不使用问号，产生的结果是____。

    A．系统会自动指定默认的名称

    B．弹出"保存"对话框，提示用户输入数据库名称并保存

    C．弹出"创建"对话框，请用户输入数据库名称

    D．弹出提示对话框，提示用户不可以创建数据库

5．下列打开数据库文件的操作方法中，正确的是____。

    A．选择"文件"菜单中的"打开"命令，在"打开"对话框的"文件类型"下拉

列表中选择"数据库"，选择要打开的数据库，单击"确定"按钮

    B. 利用 OPEN DATABASE 命令

    C. 在项目管理器中选择相对应的数据库时，数据库将自动打开

    D. 以上方法均正确

6. 在 Visual FoxPro 中，以只读方式打开数据库文件的命令是____。

    A. EXCLUSIVE   B. SHARED   C. NOUPDATE   D. VALIDATE

7. 当数据库打开时，包含在数据库中的所有表都可以使用，但这些表不会自动打开，使用时需要执行____命令。

    A. CREATE   B. USE   C. OPEN   D. LIST

8. 在 Visual FoxPro 中，打开数据库设计器的命令是____。

    A. OPEN DATABASE   B. USE DATABASE

    C. CREAT DATABASE   D. MODIFY DATABASE

9. 使用 MODIFY DATABASE 命令打开数据库设计器时，如果指定了 NOEDIT 选项，则表示____。

    A. 只是打开数据库设计器，禁止对数据库进行修改

    B. 打开数据库设计器，并且可以在数据库进行修改

    C. 在数据库设计器打开后程序继续执行

    D. 打开数据设计器后，应用程序会暂停

10. 在 Visual FoxPro 中，删除数据库的命令是____。

    A. QUIT DATASE   B. CREATE DATABASE

    C. DELETE DATABASE   D. CLEAR DATABASE

11. 利用命令删除数据库文件时，指定 RECYCLE 选项命令后，将会把数据库文件____。

    A. 放入回收站中，需要可以还原

    B. 放入回收站中，且不可以还原

    C. 彻底删除

    D. 重命名

12. 表文件的扩展名为____。

    A. dbf   B. pjx   C. dbc   D. doc

13. 一个表由____个字段组成。

    A. 1   B. 2   C. 3   D. 若干

14. 在 Visual FoxPro 中，自由表字段名最长为____个字符。

    A. 1   B. 2   C. 10   D. 若干

15. 在 Visual FoxPro 中，数据库表字段名最长____个字符。

    A. 10   B. 128   C. 130   D. 156

16. 下列关于字段命名中的命令规则，不正确的是____。

    A. 字段名必须以字母或汉字开头

    B. 字段名可以由字母、汉字、下划线、数字组成

    C. 字段名中可以包含空格

    D. 字段可以是汉字或合法的西文标识符

17. 下列字段名中不合法的是____。

　　A. 姓名　　　　　B. 3 的倍数　　　　C. ads 7　　　　D. UF1

18. 下列字段名中合法的是____。

　　A.！编口号　　　B. 1U　　　　　　C. 产品号　　　　D. 生产　日期

19. 表 STUDENT 中 10 条记录都为女生，执行下列命令后，记录指针定位____。

```
USE  STUDENT
GO  3
LOCATE FOR  性别="男"
```

　　A. 文件尾　　　　B. 9　　　　　　C. 7　　　　　　D. 5

20. 将在 1 工作区的父表按主关键字"学号"和 3 区的子表建立临时关联, 正确的是____。

　　A. SET RELATION TO 学号 INTO 3　　B. SET RELATION TO 3 INTO 学号

　　C. SET RELATION TO 学号 TO 3　　　D. SET RELATION TO 3 INTO 3

21. 在 Visual FoxPro 中，修改当前表的结构的命令是____。

　　A. MODIFY STRUCTURE　　　　　B. MODIFY DATABASE

　　C. OPEN STRUCURE　　　　　　D. OPEN DATABASE

22. 在 Visual FoxPro 中，要浏览表记录，首先用____命令打开要操作的表。

　　A. USE　　　　　　　　　　　B. OPEN STRUCTURE

　　C. CLOSE　　　　　　　　　　D. LIST

23. 在 Visual FoxPro 中，浏览表记录的命令是____。

　　A. USE　　　　B. BROWSE　　　C. MODIFY　　　D. open

24. 在 Visual FoxPro 中删除记录有____两种。

　　A. 逻辑删除和物理删除　　　　B. 逻辑删除和彻底删除

　　C. 物理删除和彻底删除　　　　D. 物理删除和移去删除

25. 在 Visual FoxPro 中逻辑删除是指____。

　　A. 真正从磁盘上删除表及记录

　　B. 逻辑删除是在记录旁作删除标记，可以恢复记录

　　C. 真正从表中删除记录

　　D. 逻辑删除只是在记录旁作删除标记，不可以恢复记录

26. Visual FoxPro 中 APPEND 命令的作用是____。

　　A. 在表的任意位置添加记录　　　B. 在当前记录位之前插入新记录

　　C. 在表的尾部添加记录　　　　　D. 在表的首部添加记录

27. 在 Visual FoxPro 中，恢复逻辑删除的记录的命令是____。

　　A. RECDEVER　　B. RECALL　　　C. DELETE　　　D. PACK

28. 物理删除表中所有记录的命令是____。

　　A. DELETE　　　B. PACK　　　　C. ZAP　　　　　D. RECALL

29. 在 Visual FoxPro 中，逻删除表中性别为女的命令是____。

　　A. DELETE FOR 性别='女'　　　B. DELETE 性别='女'

　　C. PACK 性别='女'　　　　　　D. ZAP 性别='女'

30. 定位记录时，可以用____命令向前或向后移动若干条记录位置。

    A．SKIP   B．GOTO   C．GO   D．LOCATE

31. 在当前表中查找班级为 1 的每一个记录，应输入命令____。

    A．LOCATE FOR 班级="1"   B．LOCATE FOR 班级="1"
                                              CONTINUE

    C．LOCATE FOR 班级="1"   D．DELE FOR 班级="1"
        NEXT 1

32. Visual FoxPro 中索引有____。

    A．主索引、候选索引、普通索引、视图索引

    B．主索引、候选索引、唯一索引、普通索引

    C．主索引、次索引、候选索引、普通索引

    D．主索引、候选索引、普通索引

33. 在 Visual FoxPro 中，一个表可以创建____个主索引。

    A．1   B．2   C．3   D．若干

34. 主索引可以确保字段中输入值的____性。

    A．唯一   B．重复   C．多样   D．兼容

35. 唯一索引中的的"唯一性"是指____的唯一。

    A．字段值   B．字符值   C．索引项   D．视图项

36. 在 Visual FoxPro 中的 4 个索引中，一个表可以建立多个____。

    A．主选引、候选索引、唯一索引、普通索引

    B．候选索引、唯一索引、普通索引

    C．主索引、候选索引、唯一索引

    D．主索引、唯一索引、普通索引

37. 在 Visual FoxPro 中，表设计器中的选项卡依次为____。

    A．字段、索引、表   B．表、字段 索引

    C．字段、索引、类型   D．字段、表、索引

38. 如果要更改表中数据的类型，应在"表设计器"的____选项卡中进行。

    A．字段   B．表

    C．索引   D．数据类型

39. 下列更改索引类型的操作方法正确的是____。

    A．打开表设计器，打开"字段"选项卡，在"索引"下拉列表中选择

    B．打开表设计器，打开"索引"选项卡，在"索引名"下拉列表中选择

    C．打开表设计器，打开"表"选项卡，在"索引名"下拉列表中选择

    D．打开表设计器，打开"索引"选项卡，在"类型"下拉表中选择

40. 在 Visual FoxPro 中，结构复合索引文件的特点是____。

    A．在打开表时自动打开

    B．在同一索引文件中能包含多个索引方案，或索引关键字

    C．在添加、更改或删除记录时自动维护索引

    D．以上答案均正确

41．以下关于自由表的叙述，正确的是____。

    A．自由表可以添加到数据库中，但数据库中的表不可以从数据库中移出成自由表

    B．自由表不能添加到数据库中

    C．自由表可以添加到数据库中，数据库中的表也可以从数据中移出成为自由表

    D．自由表是用以前 FoxPro 版本建立的表

42．Visual FoxPro 中的 SEEK 命令用于____。

    A．索引   B．定位   C．搜索   D．查找

43．在 Visual FoxPro 中，删除全部索引的命令是____。

    A．SEEK ALL   B．DELETE TAG TagName

    C．DELETE TAG ALL   D．SET ORDER

44．Visual FoxPro 中的参照完整性规则包括____。

    A．更新规则   B．删除规则   C．插入规则   D．以上答案均正确

45．已知当前表中有 15 条记录，当前记录为第 12 条记录，执行 SKIP-2 命令后，当前记录变为第____条记录。

    A．2   B．10   C．12   D．15

46．下列命令中，不能对记录进行编辑修改是____。

    A．MODI STRU   B．EDIT   C．CHANGE   D．BROWSE

47．假设目前已打开表和索引文件，要确保记录指针定位在记录为 1 的记录上，应使用____命令。

    A．GO TOP   B．GO 1   C．LOCATE 1   D．SKIP 1

48．在 Visual FoxPro 中，数据库表与自由表不同，下列不属于数据表特点的是____。

    A．数据库表可以使用长表名   B．在表中不可以使用长字段名

    C．指定默认值和输入掩码   D．数据库表支持主索引、参照完整性

49．将表从数据库中移出，使之成为自由表的命令是____。

    A．REMOVE   B．DELETE   C．RECYCLE   D．REMOVE TABLE

50．执行下列命令序列后，VF1 的指针向第____记录，VF2 指向第____条记录。

```
SELECT 2
USE VF1
SELECT 3
USE VF2
SELECT 2
SKIP 2
```

    A．1，2   B．1，1   C．3，1   D．2，1

51．在 Visual FoxPro 中逻辑删除表中年龄等于 65 的命令是____。

    A．DELE FOR 年龄 = 65   B．PACK 年龄 = 65

    C．DELE 年龄 = 65   D．ZAP 年龄 = 65

52．当前工作区是 1 区，执行下列命令

```
CLOSE   ALL
USE   STUDENT  IN 1
USE   COURSE  IN 2
```

之后，当前工作区是____。

    A. 1 区   B. 2 区   C. 3 区   D. 4 区

53. 以下关于空值（NULL）正确的是____。

    A. 空值等同于空字符串   B. 表示字段或变量还没确定值

    C. Visual FoxPro 不支持空值   D. 等同于 0 数值

54. 在表中有 50 条记录，当前记录号为 18，执行命令 LIST 后，记录指针指向____。

    A. 第一条记录   B. 第 19 条记录   C. 第 50 条记录   D. 文件结束标识位置

55. 按工资升序，工资相同者按参加工作日期早晚顺序建立索引文件，使用的命令是____。

    A. SET INDEX ON 工资 工作日期 TO GE

    B. INDEX ON 工资/A，工作日期/D TO GE

    C. INDEX ON STR（工资，6，2）+DTOC（工作日期）TO GE

    D. INDEX ON STR（工资）+YEAR（工作日期）TO GE

56. 执行下列命令后，记录指针定位在____。

```
USE EGGE
INDEX ON 工资 TO TEMP
GO TOP
```

    A. 指针定位第一个记录

    B. 指针定位于索引文件中的第一个记录

    C. 指针定位第一个记录之前

    D. 指针定位于索引文件中的第一个记录之前

57. 若执行了 LOCATE FOR 工资=600，将指针定位在下一个工资是 600 的记录上，应使用的命令是____。

    A. CONTINUE   B. SKIP 600

    C. SEEK 600   D. FIND 600

58. 建立唯一索引，出现重复字段值时，只出现记录的____。

    A. 第一个   B. 最后一个   C. 全部   D. 若干个

59. 职工表已经打开，若要打开索引文件"职称"可用命令____。

    A. USE 职称   B. INDEX WITH 职称

    C. SET INDEX TO 职称   D. INDEX ON 职称

60. 不允许记录中出现重复值的索引是____。

    A. 主索引   B. 主索引、候选索引、普遍索引

    C. 主索引和候选索引   D. 主索引、候选索引和唯一索引

61. 要控制两个表中数据的完整性和一致性可以设置"参照完整性"，要求这两个表____。

    A. 是同一个数据库中的两个表   B. 不同数据库中的两个表

    C. 两个自由表   D. 一个是数据库表 另一个是自由表

62. 在 Visual FoxPro 中，可以对字段设置默认值的表____。

    A. 必须是数据库表   B. 必须是自由表

    C. 自由表或数据库表   D. 不能设置字段的默认值

63. 在 Visual FoxPro 中进行参照完整性设置时，要想设置成：当更改父表中的主关键字段或候选关键字段时，自动更改所有相关子表记录中的对应值。应选择____。

    A. 限制   B. 忽略   C. 级联   D. 级联或限制

64. 在 Visual FoxPro 的数据工作期窗口，使用 SET RELATION 命令可以建立两个表之间的关联，这种关联是____。

    A. 永久性关联   B. 永久性关联或临时性关联

    C. 临时性关联   D. 永久性关联和临时性关联

65. 在 Visual FoxPro 中，通用型字段，备注型字段，逻辑型字段，日期型字段在表中的宽度分别为____。

    A. 4，4，8，6   B. 1，8，4，6   C. 4，4，1，8   D. 4，4，2，8

66. 不论索引是否生效，定位到相同记录上的命令是____。

    A. GO TOP   B. GO BOTTOM   C. GO 6   D. SKIP

67. 可以伴随着表的打开而自动打开的索引是____。

    A. 单一索引文件（IDX）   B. 复合索引文件（CDX）

    C. 结构化复合索引文件   D. 非结构化复合索引文件

68 要为当前表所有职工增加 100 元工资应该使用命令____。

    A. CHANGE 工资 WITH 工资+100

    B. REPLACE 工资 WITH 工资+100

    C. CHANGE ALL 工资 WITH 工资+100

    D. REPLACE ALL 工资 WITH 工资+100

69. Visual FoxPro 参照完整性规则不包括____。

    A. 更新规则   B. 查询规则   C. 删除规则   D. 插入规则

70. 在数据库设计器中，建立两个表之间的一对多联系是通过以下索引实现的____。

    A. "一方"表主索引或候选索引，"多方"表普通索引

    B. "一方"表主索引，"多方"表的普通索引或候选索引

    C. "一方"表普通索引，"多方"表主索引或候选索引

    D. "一方"表普通索引，"多方"表候选索引或普通索引

71. 一个表文件中多个备注型（MEMO）字段的内容存放在____。

    A. 这个表文件中   B. 一个备注文件中

    C. 多个备注文件中   D. 一个文本文件中

72. 执行下列命令后，HH1 和 HH2 指针分别指向____。

```
SELE  1
USE HH1
SELE  2
USE HH2
SKIP
SELE  1
SKIP  3
```

    A. 1，4   B. 4，1   C. 4，2   D. 2，4

73．在 Visual FoxPro 中，关于自由表叙述正确的是＿＿。
　　A．自由表和数据库表是完全相同的　　B．自由表不能建立字段级规则和约束
　　C．自由表不能建立候选索引　　　　　D．自由表不可以加入到数据库中

74．在 Visual FoxPro 中，建立数据库表时，将年龄字段值限制在 12～14 之间的这种约束属于＿＿。
　　A．实体完整性约束　　　　　　　　　B．域完整性约束
　　C．参照完整性约束　　　　　　　　　D．视图完整性约束

75．要从表中物理删除一条记录，应使用的命令是＿＿。
　　A．首先用 DELE，然后用 ZAP　　　　B．首先用 DELE，然后用 PACK
　　C．直接用 PACK　　　　　　　　　　D．直接用 DELE

76．在 Visual FoxPro 中，建立索引的作用之一是＿＿。
　　A．节省存储空间　　　　　　　　　　B．便于管理
　　C．提高查询速度　　　　　　　　　　D．提高查询和更新速度

77．在 Visual FoxPro 中，相当于主关键字的索引是＿＿。
　　A．主索引　　　　　　　　　　　　　B．普通索引
　　C．唯一索引　　　　　　　　　　　　D．排序索引

78．在 Visual FoxPro 中，创建一个名为 SDB．DBC 的数据库文件，使用的命令是＿＿。
　　A．CREATE　　　　　　　　　　　　B．CREATE SDB
　　C．CREATE TABLE SDB　　　　　　　D．CREATE DATABASE SDB

79．在 Visual FoxPro 中，可以链接或嵌入 OLE 对象（如图像）的字段类型应该是＿＿。
　　A．备注型　　　　B．通用型　　　　C．字符型　　　　D．双精度型

80．实体完整性保证了表中记录的唯一性，即在一个表中不能出现＿＿。
　　A．重复记录　　　B．重复字段　　　C．重复属性　　　D．重复索引

81．下列关于结构复合索引文件，描述正确的是＿＿。
　　A．不能随表打开而打开
　　B．在同一索引文件中只能包含一个索引项
　　C．一个表只能建立一个结构复合索引文件
　　D．在添加、更改或删除记录时需要手动维护索引

82．要在两张相关的表之间建立永久关系，这两张表应该是＿＿。
　　A．同一个数据库内的两张表　　　　　B．两张自由表
　　C．一张自由表，一张数据库表　　　　D．任意两张数据库表或自由表

83．创建数据库后，系统自动生成的三个文件的扩展名是＿＿。
　　A．.pjx .pjt .rpg　　　　　　　　　　B．.sct .scx .spx
　　C．.fpt .frx .fxp　　　　　　　　　　D．.dbc .dct .dcx

84．要显示工资超过 2 000 元或工资未达到 800 元的全部未婚男性的记录，正确的是＿＿。
　　A．LIST FOR 性别＝"男"AND NOT 婚否 AND 工资＞2000 AND 工资＜800
　　B．LIST FOR 性别＝"男"AND 婚否 AND 工资＞2000 OR 工资＜800
　　C．LIST FOR 性别＝"男"AND NOT 婚否 AND 工资＞2000 AND 工资＜800
　　D．LIST FOR 性别＝"男"AND NOT 婚否 AND（工资＞2000 OR 工资＜800）

85. 打开一张表后，执行下列命令：

```
GO 6
SKIP-5
GO 5
```

则关于记录指针的位置说法正确的是____。
A. 记录指针停在当前记录不动   B. 记录指针指向第 11 条记录
C. 记录指针指向第 5 条记录   D. 记录指针指向第一条记录

86. 如已在学生表和成绩表之间按学号建立永久关系，现要设置参照完整性：当在成绩表中添加记录时，凡是学生表中不存在的学号不允许添加，则该参照完整性应设置为____。
A. 更新级联   B. 更新限制
C. 插入级联   D. 插入限制

87. 将结构索引文件中的"职工号"设置为当前索引，使用的命令是____。
A. SET ORDER TO TAG 职工号
B. CREATE ORDER TO 职工号
C. SET INDEX TO 职工号
D. ORDER TO TAG 职工号

88. 建立索引时，____字段不能作为索引字段。
A. 字符型   B. 数值型   C. 备注型   D. 日期型

89. 一个表的主关键字被包含到另一个表中时，在另一个表中称这些字段为____。
A. 外关键字   B. 主关键字   C. 超关键字   D. 候选关键字

90. 在向数据库中添加表的操作时，下列说法中不正确的是____。
A. 可以将自由表添加到数据库中
B. 可以将数据库表添加到另一个数据库中
C. 可以在项目管理器中将自由表拖放到数据库中
D. 先将数据库表移出数据库成为自由表，而后添加到另一个数锯库中

91. 对于自由表而言，不允许有重复值的索引是____。
A. 主索引   B. 候选索引   C. 普通索引   D. 唯一索引

92. 表之间的"临时性关系"，是在两个打开的表之间建立的关系，如果两个表有一个关闭后，则该"临时性关系"____。
A. 转化为永久关系   B. 永久保留
C. 临时保留   D. 消失

93. 下列关于数据库的描述中，不正确的是____。
A. 数据库是一个包容器，它提供了存储数据的一种体系结构
B. 数据库表和自由表的扩展名都是.dbf
C. 数据库表的表设计器和自由表的表设计器是不相同的
D. 数据库表的记录保存在数据库中

94. 在当前表的第 10 条记录之前插入一条空记录的命令是____。
A. `GO 10`   B. `GO 10`
    `INSERT BEFORE BLANK`   `INSERT BLANK`

    C. GO 10   D. GO 10

      APPEND   APPEND BLANK

95．BROWSE 命令中没有的功能是____。

    A. 修改记录   B. 添加记录   C. 删除记录   D. 插入记录

96．用命令"INDEX ON 姓名 TAG NAME UNIQUE"建立索引，索引类型是____。

    A. 主索引   B. 普通索引   C. 候选索引   D. 唯一索引

97．在参照完整性的设置中，如果当主表中删除记录后，要求删除子表中的相关记录，则应将"删除"规则设置为____。

    A. 限制   B. 级联   C. 忽略   D. 任意

98．在定义表结构时，以下____数据类型的字段宽度都是定长的。

    A. 字符型、货币型、数值型   B. 字符型、货币型、整型

    C. 备注型、逻辑型、数值   D. 日期型、备注型、逻辑型

99．执行 SELE 0 选择工作区的结果是____。

    A. 选择了 0 号工作区   B. 选择了空闲的最小号工作区

    C. 选择已打开的工作区   D. 关闭选择的工作区

100．两表之间"临时性"联系称为"关联"的正确叙述是____。

    A. 建立关联的两个表一定在同一个数据库中

    B. 两表之间"临时性"联系是建立在两表之间"永久性"联系基础之上的

    C. 当父表记录指针移动时，子表记录指针按一定的规则跟随移动

    D. 当关闭父表时，子表自动被关闭

二、填空题

1．数据库完整性一般包括_____、_____、_____。

2．可以保证实体完整性的索引是_____或_____实体完整性是保证表中记录唯一的特性，即不允许有重复记录。数据类型属于_____完整性。

3．两个表的关联是_____联系。

4．Visual FoxPro 的参照完整性是通过表之间的_____联系建立的。

5．字段有效性规则是一个_____表达式。

6．索引可以提高数据_____速度，降低数据_____速度。

7．自由表就是不属于任何_____的表。

8．一个数据库表中，可以有_____个主索引，_____个候选索引和_____个普通索引。

9．Visual FoxPro 同一个时刻可以打开_____个数据库，但同一时刻只有_____个当前数据库。指定当前数据库的命令是_____。

10．清除主窗口屏幕的命令是_____。

11．记录的定位方式有_____定位、_____定位和条件定位 3 种。

12．如果要在课程表与学生成绩表之间设置参照完整性，则首先必须建立它们之间的_____关系。如果修改了课程表中课程代号后要求自动更新学生成绩表中相关记录的课程代号，则应设置更新规则为_____；如果课程表中没有的课程代号禁止插入到学生成绩表中，则应设置插入规则为_____。

13．要给表尾增加一个空白记录，使用的命令是_____。

14．在 Visual FoxPro 中最多同时允许打开_____个表。

15．设置结构复合索引中索引 XUEHAO 为主控索引的命令是_____，删除索引 XUE HAO 的命令是_____。

16．Visual FoxPro 中主索引和候选索引可以保证数据的_____完整性。

17．_____是使不同工作区的记录指针建立一种临时的联动关系，当父表的记录指针移动时，子表的记录指针也随之移动。

18．当前区是 2，要使 3 区成为当前区的命令是_____。

19．打开表设计器的命令是_____。

20．SORT 排序，/A 表示_____，/D 表示_____。

第 6 章　查询与视图

一、选择题

1．下列关于查询描述正确的是____。

  A．可以使用 CREATE VIEW 打开查询设计器

  B．使用查询设计器可以生成所有的 SQL 查询语句

  C．使用查询设计器生成的 SQL 语句存盘后将存放在扩展名为 QPR 的文件中

  D．使用 DO 语句执行查询时，可以不带扩展名

2．如果要在屏幕上直接看到查询结果，"查询去向"应该选择____。

  A．屏幕 　　　　　　　　　　　 B．浏览

  C．临时表或屏幕　　　　　　　　D．浏览或屏幕

3．使用菜单操作方法打开一个在当前目录下已经存在的查询文件 zgjk.qpr 后，在命令窗口生成的命令是____。

  A．OPEN QUERY zgjk.qpr 　　　B．MODIFY QUERY zgjk.qpr

  C．DO QUERY zgik.qpr 　　　　D．CREATE QUERY zgik.qpr

4．在 Visual FoxPro 系统中，使用查询设计器生成的查询文件中所保存的是____。

  A．查询的命令 　　　　　　　　B．与查询有关的基表

  C．查询的结果 　　　　　　　　D．查询的条件

5．运行查询 xmcxl.qpr 的命令是____。

  A．USE xmcxl 　　B．USE xmcxl.qpr 　　C．DO xmcxl.qpr 　　D．DO xmcxl

6．下面关于视图的描述正确的是____。

  A．可以使用 MODIFY STRUCTURE 命令修改视图的结构

  B．视图不能删除，否则影响原来的数据文件

  C．视图是对表的复制产生的

  D．使用 SQL 对视图进行查询时必须事先打开该视图所在的数据库

7．视图设计器中含有的但查询设计器中却没有的选项卡是____。

  A．筛选 　　　　B．排序依据 　　　　C．分组依据 　　　　D．更新条件

8. 有如下 SQL 语句

CREATE VIEW stock_view AS SELECT 股票名称 AS 名称,单价 FROM stock

执行该语句后产生的视图含有的字段名是____。

    A. 股票名称   B. 名称、单价

    C. 名称、单价、交易所   D. 股票名称、单价、交易所

9. ____不可以作为查询的输出类型。

    A. 自由表   B. 表单   C. 临时表   D. 数组

10. 查询设计器中"联接"选项卡对应的 SQL 短语是____。

    A. WHERE   B. JOIN ON   C. SET   D. ORDER BY

11. 在查询设计器中，"字段"选项卡对应 SQL 语句____，用来制定要查询的数据。

    A. SELECT   B. FROM   C. WHERE   D. ORDER BY

12. 查询设计器中的选项卡依次为____。

    A. 字段、连接、筛选、排序依据、分组依据

    B. 字段、连接、排序依据、分组依据、杂项

    C. 字段、连接、筛选、排序依据、分组依据、更新条件、杂项

    D. 字段、连接、筛选、排序依据、分组依据、杂项

13. 以下关于查询的描述正确的是____。

    A. 不能根据自由表建立查询   B. 只能根据自由表建立查询

    C. 只能根据数据库表建立查询   D. 可以根据数据库表和自由表建立查询

14. 在 Visual FoxPro 中，查询设计器中的各选项卡与____语句各短语是相对应的。

    A. SQL SELECT   B. SQL INSERT   C. SQL UPDATE   D. SQL DROP

15. 在查询设计器中，"筛选"选项卡对应____短语，用来指定查询的条件。

    A. SQL SELECT   B. FROM

    C. WHERE   D. ORDER BY

16. 在查询设计器中，选定"杂项"选项卡中的"无重复记录"复选框，与执行 SQL SELECT 语句中的____等效。

    A. WHERE   B. JOIN ON   C. ORDER BY   D. DISTINCT

17. 在查询设计器中，"排序依据"选项卡对应____短语，用于指定排序的字段和排序方式。

    A. SELECT   B. FROM   C. WHERE   D. ORDER BY

18. 在 Visual FoxPro 中，当一个查询基于多个表时，要求表之间____。

    A. 不需要有联系   B. 必须是有联系的

    C. 一定不要有联系   D. 可以有联系也可以没联系

19. SQL SELECT 语句中的 GROUP BY 和 HAVING 短语对应查询设计器上的____选项卡。

    A. 字段   B. 连接   C. 分组依据   D. 排序依据

20. 打开查询设计器的命令是____。

    A. OPEN QUERY   B. MODI VIEW

    C. CREATE QUERY   D. CREATE VIEW

21．在查询设计器的"字段"选项卡中设置字段时，如果将"可用字段"框中的所有字段一次移到"选定字段"框中，可单击____按钮。

    A．添加   B．全部添加   C．移去   D．全部移去

22．只能满足连接条件的记录才包括在查询结果中，这种连接称为____。

    A．内部连接   B．左连接   C．右连接   D．外部连接

23．在 Visual FoxPro 中，建立视图的命令是____。

    A．CREATE QUERY   B．CREATE VIEW

    C．OPEN QUERY   D．OPEN VIEW

24．下列选项卡中，视图不能够完成的是____。

    A．指定可更新的表   B．指定可更新的字段

    C．检查更新合法性   D．删除和视图相关联的表

25．在 Visual FoxPro 中，连接类型有____。

    A．内部连接、左连接、右连接

    B．内部连接、左连接、右连接、外部连接

    C．内部连接、完全连接、左连接、右连接

    D．内部连接、左连接、外部连接

26．在 Visual FoxPro 中用来创建连接的命令是____。

    A．CREATE CONNECTION   B．CREATE VIEW

    C．CREATE QUERY   D．OPEN CONNECTION

27．建立远程视图之前必须首先建立与数据库的____。

    A．联系   B．关联   C．数据源   D．连接

28．视图不能单独存在，它必须依赖于____。

    A．视图   B．数据库   C．数据表   D．查询

29．在视图设计器的"更新条件"选项卡中，如果出现"钥匙"标志，表示____。

    A．更新   B．该字段为非关键字

    C．该字段是关键字段   D．该字段为关键字

30．运行查询的组合键为____。

    A．Ctrl + V   B．Ctrl + P   C．Ctrl + D   D．Ctrl + Q

二、填空题

1．视图可以在数据库设计器中打开，也可以用 USE 命令打开，但在使用 USE 命令之前，必须打开包含该视图的____。

2．在 Visual FoxPro 系统中，查询文件是指一个包括一条 SELECT-SQL 命令的程序文件，文件的扩展名为____。

3．查询设计器的"筛选"选项卡用来制定查询的____。

4．使用当前数据库中的 Visual FoxPro 表所建立的视图是____，使用当前数据库之外的数据源中的表所建立的视图是____。

5．查询建立后，用户可以把查询结果输出到不同的目的地，默认目的地是将查询结果输出到____中。

6．在创建视图时，相应的数据库必须是____状态。

7．在查询设计器中，用于编辑连接条件的选项卡是_____。

8．在查询设计器中，可以指定是否重复记录的是_____选项卡。

9．为了建立远程视图，必须首先建立与远程数据库的_____，_____是 Visual FoxPro 数据库中的一种对象。

10．在涉及到视图的时候，常把表称作_____。

11．视图允许以下操作：①在数据库中使用 USE 命令打开或关闭视图；②在"浏览器"窗口中显示或修改视图中的记录；③_____；④在文本框、表格控件、表单或报表中使用视图作为数据源。

12．视图一经建立，就可以像使用_____一样来使用。

13．视图是在数据库表的基础上创建的一种虚拟表。所谓虚拟表是指视图中提取出来的数据在_____中并不实际存在。

14．在"命令"窗口打开"视图设计器"修改视图的命令是_____。

15．在关系数据库中，视图依赖于_____，并不独立存在。

16．在项目管理器中使用视图时先选择一个_____，接着再选择_____，然后选择_____，则可在"浏览"窗口中显示视图，并可对视图进行操作。

17．内部联接是指只有满足_____的记录才包含在查询结果中。

18．使用视图的_____功能可以修改表中的数据。

19．查询设计器_____生成所有的 SQL 查询语句。

20．在 Visual FoxPro 中，视图具有_____和_____的功能。

第 7 章　关系数据库标准语言 SQL

一、选择题

1．在 Visual FoxPro 中，关于 SQL 语言的说法不正确的是____。

　　A．支持数据定义功能　　　　　　　B．支持数据查询功能

　　C．支持数据操作功能　　　　　　　D．支持数据控制功能

2．下面关于 HAVING 子句描述错误的是____。

　　A．HAVING 子句必须与 GROUP BY 子句同时使用，不能单独使用

　　B．使用 HAVING 子句的同时不能使用 WHERE 子句

　　C．使用 HAVING 子句的同时可以使用 WHERE 子句

　　D．HAVING 子句使用的是限定分组的条件

3．在 SELECT-SQL 语句中，ORDER BY 子句根据列的数据对查询结果进行排序，关于排序依据的说法中不正确的是____。

　　A．只要是 FROM 子句中表的字段即可

　　B．是 SELECT 主句（不在子查询中）的一个选项

　　C．一个数值表达式，表示查询结果中的列的位置（最左边列编号为 1）

　　D．默认是升序（ASC）排列，可在其后加 DESC 指定查询结果以降序排列

4．"学生"表结构为(学号 N(3)，姓名 C(3)，性别 C(1)，年龄 N(2))，学号为主索引，

若用 SQL 命令查询所有比"张换新"年龄大的同学，下列语句正确的是____。

  A．SELECT * FROM 学生 WHERE 年龄＞（SELECT 年龄 FROM 学生 WHERE 姓名="张换新"）

  B．SELECT * FROM 学生 WHERE 姓名="张换新"

  C．SELECT * FROM 学生 WHERE 年龄＞（SELECT 年龄 WHERE 姓名="张换新"）

  D．SELECT * FROM 学生 WHERE 姓名＞"张换新"

5．在 SQL 语句中，与表达式"仓库号 NOT IN("wh1"，"wh2")"功能相同的表达式是____。

  A．仓库号="wh1" AND 仓库号="wh2"

  B．仓库号!="wh1" OR 仓库号#="wh2"

  C．仓库号＜＞"wh1" OR 仓库号!="wh2"

  D．仓库号!="wh1" AND 仓库号!="wh2"

6．在 SQL-SELECT 语句中用于实现关系的选择运算的短语是____。

  A．FOR   B．WHILE   C．WHERE   D．CONDITION

7．查询每门课程的最高分，要求得到的信息包括课程名称和分数，正确的命令是____。

  A．SELECT 课程名称 SUM（成绩）AS 分数 FROM 课程，学生成绩；

    WHERE 课程.课程编号=学生成绩.课程编号；

    GROUP BY 课程名称

  B．SELECT 课程名称，MAX（成绩）分数 FROM 课程，学生成绩；

    WHERE 课程.课程编号=学生成绩.课程编号；

    GROUP BY 课程名称

  C．SELECT 课程名称，SUM（成绩）分数 FROM 课程，学生成绩；

    WHERE 课程.课程编号=学生成绩.课程编号；

    GROUP BY 课程.课程编号

  D．SELECT 课程名称，SUM（成绩）AS 分数 FROM 课程，学生成绩；

    WHERE 课程.课程编号=学生成绩.课程编号；

    GROUP BY 课程编号

8．一条没有指明去向的 SQL-SELECT 语句执行之后，会把查询结果显示在屏幕上，要退出这个查询窗口，应该按的键是____。

  A．ALT   B．DELETE

  C．ESC   D．RETURN

9．在当前盘目录下删除表 stock 的命令是____。

  A．DROP stock   B．DELETE TABLE stock

  C．DROP TABLE stock   D．DELETE stock

10．在 Visual FoxPro 中，使用 SQL 命令将学生表 STUDENT 中的学生年龄 AGE 字段的值增加 1 岁，应该使用的命令是____。

  A．REPLACE AGE WITH AGE+1

  B．UPDATE STUDENT AGE WITH AGE+1

  C．UPDATE SET AGE WITH AGE+1

  D．UPDATE STUDENT SET AGE=AGE+1

11. 将 stock 表的股票名称字段的宽度由 8 改成 10，应使用 SQL 语句是____。
    A. ALTER TABLE stock 股票名称 WITH c(10)
    B. ALTER TABLE stock 股票名称 c(10)
    C. ALTER TABLE stock ALTER 股票名称 c(10)
    D. ALTER stock TABLE 股票名称 c(10)

12. 如果要创建一张仅含有一个字段的自由表 RY，其字段名为 XM，字段类型为字符型，字段宽度为 8，则可以用下列的____命令创建。
    A. CREATE TABLE RY XM C(8)
    B. CREATE TABLE RY (XM C(8))
    C. CREATE TABLE RY FIELD XM C(8)
    D. CREATE TABLE RY FIELD (XM C(8))

13. 在 SQL 的查询语句中，____语句相当于实现关系的投影操作。
    A. WHERE   B. GROUP BY   C. SELECT   D. FROM

14. SQL 除了具有数据查询的功能外，还有____的功能。
    A. 数据定义   B. 数据操纵   C. 数据控制   D. 以上都正确

15. SQL 的核心是____。
    A. 数据查询   B. 数据定义   C. 数据操纵   D. 数据控制

16. SQL 同其他数据操纵语言不同，关键在于____。
    A. SQL 是一种过程性语言   B. SQL 是一种非过程性语言
    C. SQL 语言简练   D. SQL 的词汇有限

17. 连接查询是基于____的查询
    A. 一个表   B. 两个表   C. 多个关系   D. 有一个关联的表

18. 使用 SQL 语句可以将查询结果排序，排序的短语是____。
    A. ORDER BY   B. ORDER   C. GROUP BY   D. COUNT

19. 关于 SQL 的短语，下列说法中正确的是____。
    A. HAVING 必须与 ORDER BY 短语连用
    B. ASC 必须与短语 GROUP BY 短语连用
    C. ORDER BY 短语通常在 GROUP BY 短语之后
    D. ORDER BY 短语必须与 GROUP BY 短语连用

20. 在 SQL 中用来计算平均值的函数为____。
    A. COUNT   B. SUM   C. AVG   D. MAX

21. 下列关于 INSERT-SQL 的叙述中，正确的是____。
    A. 在表尾插入一条记录   B. 在表头插入一条记录
    C. 在表的任何位置插入一条记录   D. 可以插入若干条记录

22. 在 ORDER BY 子句中，DESC 和省略 DESC 分别表示____。
    A. 升序，降序   B. 降序，升序
    C. 升序，升序   D. 降序，降序

23. SQL 语句中的特殊运算符不包括____。
    A. BETWEEN   B. AND   C. OR   D. LIKE

24. 在 SQL 中既允许执行比较操作，又允许执行算术操作的数据类型是____。

    A. 数值型   B. 字符型   C. 时间日期型   D. 时间型

25. 使用 SQL 语句可以将查询结果分组，分组的短语是____。

    A. GROUP   B. GROUP BY   C. ORDER   D. COUNT

26. 在 SQL-SELECT 语句中，设置内部联接的命令是____。

    A. INNER JOIN B. LEFT JOIN   C. RIGHT JOIN   D. FULL JOIN

27. SQL 的查询命令的基本形式由查询块____组成。

    A. SELECT-WHERE-FROM   B. SELECT-WHERE-FROM

    C. SELECT-FROM-WHERE   D. SELECT-FROM-WHERE

28. 如果在 SQL-SELECT 语句的 ORDER BY 子句中指定了 DESC，则表示____。

    A. 按降序排序   B. 按升序排序   C. 不排序   D. 无意义

29. 在查询类型中，不属于 SQL 查询的是____。

    A. 嵌套查询   B. 联接查询   C. 简单查询   D. 视图查询

30. Visual FoxPro 支持 SQL 命令要求____。

    A. 被操作的表一定要打开   B. 被操作的表一定不要打开

    C. 被操作的表不一定要打开   D. 以上说法都不正确

二、填空题

1. 使用 SQL 语句完成如下操作（将所有教授的工资提高 5%）：

        _____教师 SET 工资 = 工资*1.05_____职称="教授"。

2. SQL 插入记录的命令是 INSERT，删除记录的命令是_____，修改记录的命令是_____。

3. 设有学生选课表 SC（学号，课程号，成绩），用 SQL 语句检索每门课程的课程号及平均分的语句是：SELECT 课程名，AVG（成绩）FROM SC_____。

4. 用户使用 CREATE TABLE-SQL 命令创建表的结构，字段类型必须用单个字母表示，对于货币型字段，其字段类型用单个字母表示为_____。

5. 有一个名为 V_VIEW 的视图，现要把它删除，可使用的命令为_____V_VIEW。

6. 在 SQL 中，查询空值时要使用_____。

7. 在 SQL 语句中，用_____消除重复出现的记录行。

8. SQL 语句中的 INNER JOIN 等价于_____，为_____，在 Visual FoxPro 中称为_____。

9. 在 SQL 中，用_____命令可以修改表中的数据，用_____命令可以修改表的结构。

10. SQL 的操作功能是指对数据库中数据的操作功能，主要包括数据的_____、_____和_____ 3 方面的内容。

11. 在 SQL 语句中，字符串匹配运算符用_____表示；_____表示 0 个或多个字符；_____表示一个字符。

12. 在 ALTER TABLE 中，_____用来添加新字段；_____用来修改已有字段。

13. 在 SQL-SELECT 语句中，定义一个区间范围的特殊运算符是_____，检查一个属性值是否属于一组值中的特殊运算符是_____。

14. 在 Visual FoxPro 中计算机检索的函数中，_____用于计数，_____用于求和，_____用于求平均，_____用于求最大值，_____用于求最小值。

15. 在查询结果存放到数组中的短语是_____。

16. 在 SQL 的嵌套查询中，量词 ANY 和_____是同义词。在 SQL 查询时，使用_____子句指出查询条件。

17. 把当前表当前记录的学号、姓名字段值复制到数组 A 的命令是：

SCATTER FIELD 学号、姓名_____

18. 在 SQL-SELECT 语句中，条件表达式用_____子句，分组用_____子句，排序用_____子句。

19. 在用 CREATE TABLE 命令建立表时，用子句_____指定表的主索引。

20. 在 SQL 中，用_____命令可以从表中删除行，用_____命令可以从数据库中删除表。

21. 在 Visual FoxPro 中，集合的并运算是指将两个 SELECT 语句的查询结果通过并运算合成_____个查询结果。

22. _____是 SQL 中最简单的查询，这种查询基于单个表，它是由_____和_____短语构成的无条件查询，或是由_____、_____、_____短语构成的条件查询。

23. 在 Visual FoxPro 中 SQL 的 DELETE 命令是_____删除记录。

24. SQL 语言有两种使用方式，一种是在终端交互方式下使用，称为_____；另外一种是嵌入在高级语言的程序中使用，称为_____。

25. SQL 的 DROP INDEX 语句的作用是_____。

26. SQL 中的不等于为_____。

27. 在 SQL 中，建立候选索引时要用到的保留字是_____。

28. SQL 的查询命令也称为_____。

29. 将查询结果存放到临时表中，使用_____短语；存放到永久表中，使用_____短语；存放到内存变量中，使用_____短语；添加到文本文件末尾，使用_____短语。

30. 在 SQL 的 CREATE TABLE 语句中，为属性说明取值范围(约束)的是_____短语。

第8章 Visual FoxPro 结构化程序设计

一、选择题

1. 在 Visual FoxPro 集成环境下，用户利用"DO 程序文件"执行一个程序文件时，系统实质上是执行____文件。

    A．.prg   B．.com   C．.fxp   D．.exe

2. 关于命令的下列说法中，不正确的是____。

    A．CANCAL：终止程序运行，清除所有的私有变量，返回命令窗口

    B．DO：转而执行另外一个程序

    C．RETURN：结束当前程序的执行，返回到调用它上级程序，若无上级程序返回到命令窗口

    D．QUIT：退出当前程序，直接返回到命令窗口

3. 要想从键盘上输入一个人的姓名到内存变量，并且输入时不需用定界符括起来，使用的命令为____。

    A．INPUT"请输入姓名"TO XM   B．ACCEPT"请输入姓名"TO XM

C．WAIT"请输入姓名"TO XM　　　　D．A 和 B 均可

4．当前盘当前目录下有数据库 db_stock，其中有数据库表 stock.dbf，该数据库表的内容如表 8.1 所示。

表 8.1　stock.dbf 表中的数据

股票代码	股票名称	单价	交易所	股票代码	股票名称	单价	交易所
600600	青岛啤酒	7.48	上海	600604	二纺机	9.96	上海
600601	方正科技	15.20	上海	600605	轻工机械	14.59	上海
600602	广电电子	10.40	上海	000001	深发展	7.48	深圳
600603	兴业房产	12.76	上海	000002	深万科	12.50	深圳

执行下列程序以后，内存变量 a 的内容是____。

```
CLOSE DATABASE
a=0
USE stock
GO TOP
DO WHILE .NOT.EOF( )
   IF 单价>10
   a=a+1
   ENDIF
   SKIP
ENDDO
```

A．1　　　　　　B．3　　　　　　C．5　　　　　　D．7

5．使所有工人的基本工资增加 10 元的正确语句是____。

A．REPLACE FOR　职务="工人"，基本工资 WITH 基本工资+10

B．SCAN FOR　职务="工人"

REPLACE　基本工资 WITH　基本工资+10

ENDSCAN

C．DO WHILE .NOT.EOF( )

REPLACE NEXT 1 FOR 职务="工人"，基本工资　WITH　基本工资+10

SKIP

ENDDO

D．DO WHILE .NOT.EOF( ) .AND.　职务="工人"

REPLACE　基本工资　WITH　基本工资+10

SKIP

ENDSCAN

6．在 DO WHILE-ENDDO 循环结构中，EXIT 命令的作用是____。

A．退出过程，返回程序开始处

B．转移到 DO WHILE 语句行，开始下一个判断和循环

C．终止循环，将控制转移到本循环结构 ENDDO 后面的第一条语句继续执行

D．终止程序执行

7．在 Visual FoxPro 中，关于过程调用的叙述正确的是＿＿。

A．当实参的数量少于形参的数量时，多余的形参初值取逻辑假

B．当实参的数量多于形参的数量时，多余的实参均被忽略

C．实参和形参的数量必须相等

D．上面的 A 和 B 都正确

8．将内存变量定义为全局变量的 Visual FoxPro 命令是＿＿。

　　A．LOCAL　　　　B．PRIVATE　　　　C．PUBLIC　　　　D．GLOBAL

9．在 Visual FoxPro 中，如果希望一个内存变量只限于在本过程中使用，那么说明这个内存变量的命令是＿＿。

A．PRIVATE

B．PUBLIC

C．LOCAL

D．在程序中直接使用的内存变量（不通过 A、B、C 说明）

10．用于显示模块程序（程序、过程和方法程序）中的内存变量（简单变量、数组和对象）的名称、当前取值和类型的窗口是＿＿。

　　A．跟踪窗口　　　B．监视窗口　　　C．局部窗口　　　D．调试输出窗口

11．在 Visual FoxPro 中，用来建立程序文件的命令是＿＿。

　　A．OPEN COMMAND <文件名>　　　B．CREATE COMMAND <文件名>

　　C．MODIFY COMMAND <文件名>　　D．以上答案都不对

12．在 Visual FoxPro 中，结构化程序设计的三种基本逻辑结构是＿＿。

　　A．选择结构、嵌套结构、分支语句　　B．选择结构、分支语句、循环结构

　　C．顺序结构、分支语句、选择结构　　D．顺序结构、选择结构、循环结构

13．在 Visual FoxPro 中，用调用模块程序的命令是＿＿。

A．DO <文件名>|<过程名> WITH <实参 1>[,<实参 2>,…]

B．SET PROCEDURE TO <过程文件>

C．FUNTION <过程名>

D．PROCEDURE <过程名>

14．PUBLIC 命令的作用是＿＿。

A．删除内存变量文件中指定的内存变量

B．建立私有的内存变量

C．建立局部变量

D．建立公共的内存变量

15．在 Visual FoxPro 中可以定义数组型变量，数组定义后，每个数组在第一次赋值前的类型是＿＿。

　　A．字符型　　　　B．数值型　　　　C．逻辑型　　　　D．没定义

16．在 INPUT、ACCEPT、WAIT 三条命令中，只能接收字符串的命令是＿＿＿。

　　A．ACCEPT　　　　　　　　　　　B．ACCEPT 和 WAIT

　　　　C．WAIT　　　　　　　　　　　D．三条命令都是

17．设数据库已经打开，将数组中的数据复制到当前记录的各个字段中，应使用的命令是____。

　　　　A．GATHER FROM　　　　　　B．SCATTER TO
　　　　C．DIMENSION　　　　　　　　D．APPEND FROM

18．在下列命令中，用于输入字符型数据的是____。

　　　　A．ACCEPT　　　　　　　　　B．WAIT
　　　　C．INPUT　　　　　　　　　　D．以上3个命令都可以

19．有如下程序

```
SET TALK OFF
X=15.68
Y1=ROUND(X,1)
Y2=INT(X)
Y=Y1+Y2
?Y,Y1,Y2
```

　　　　A．31　16　15　　　　　　　B．30　15　15
　　　　C．31　15　15　　　　　　　D．30.7　15.7　15

20．有如下程序

```
A=10
IF A=10
S=0
ENDIF
S=1
?S
```

上面的程序执行结果是____。

　　　　A．0　　　　　　B．1　　　　　C．程序出错　　　D．结果无法确定

21．下列语句中，不属于循环语句的是____。

　　　　A．IF…ENDIF　　　　　　　　B．DO…ENDDO
　　　　C．FOR…ENDFOR　　　　　　D．SCAN…ENDSCAN

22．在调试程序时，要查看模块程序中内存变量的当前取值和类型，则应在"调试器"窗口中打开的窗口是____。

　　　　A．监视窗口　　　B．局部窗口　　　C．跟踪窗口　　　D．调用输出窗口

23．有下列程序：

```
FOR I=1 TO 6
    ??I
ENDFOR
```

此程序的执行结果是____。

　　　　A．1　　　　　　B．6　　　　　C．1 2 3 4 5 6　　　D．6 5 4 3 2 1

24．用WAIT命令给内存变量输入数据时，内存变量获得的数据为____。

　　　　A．任意长度的字符串　　　　　B．一个字符串和一个回车符
　　　　C．数值型数据　　　　　　　　D．一个字符

25.
```
SET TALK OFF
STORE 0 TO S
N=20
DO WHILE N>S
S=S+N
N=N-2
ENDDO
?S
RETURN
```

上述程序的运行结果是____

A. 0　　　　　　　B. 2　　　　　　　C. 20　　　　　　　D. 18

26. 在 Visual FoxPro 中，QUIT 命令用来____。

A. 终止运行程序

B. 执行另外一个程序

C. 结束当前程序的执行，返回调用它的上一级程序

D. 退出应用程序

27. 可以通过选择"工具"菜单中"调试器"命令调用"调试器"，也可以使用命令____。

A. DEBUG　　　B. DEBUG OUT　　C. OPEN　　　　　D. 以上都不对

28. 读下列程序

```
SET TALK OFF
CLEAR
A=2
DO WHILE .T.
  IF A>=100
    EXIT
  ENDIF
A=A+2
ENDDO
?A
SET TALK ON
RETURN
```

执行该程序后，语句 A＝A＋2 的执行次数与 A 的值分别是_____。

A. 98，98　　B. 49，100　　C. 98，102　　D. 100，100

29. 有如下程序

```
SET TALK OFF
STORE 2 TO M ,N
DO WHILE M<14
  M=M+N
  N=N+2
ENDDO
?M ,N
SET TALK ON
RETURN
```

运行上述程序的输出结果是____。

A. 22 10　　　　B. 22 8　　　　　C. 14 8　　　　　　　D. 14 10

30. 运行下面的程序

```
I=0
DO WHILE I<10
   IF INT(I/2)=I/2
       ?"偶数"
   ELSE
       ?"奇数"
   ENDIF
I=I+1
ENDDO
```

语句? "奇数"被执行的次数是____。

A. 5　　　　　　B. 10　　　　　C. 11　　　　　D. 6

二、填空题

1. 在 Visual FoxPro 中，要在程序中插入一个注释行，则该行应以_____和_____开头。

2. 已经建立了一个名为 A1.PRG 的程序文件，现在要调用它进行修改所用的命令是_____。

3. 在跟踪窗口设置断点时，可以双击要设置代码的左边灰色区域，或先将光标定位在该代码中，然后按_____键。

4. 下列程序段用一句命令可表示为_____。

```
DO CASE
        CASE CJ>=90
            PY= "优秀"
        CASE CJ>=60
            PY="合格"
        OTHERWISE
            PY="不合格"
ENDCASE
```

5. 说明公共变量的命令关键字是_____。

6. 以下程序的运行结果是_____。

```
x=2
DO CASE
  CASE x>2
  y=2
  CASE x>1
  Y=1
ENDCASE
?y
```

7. 如果要指定默认的盘符和文件夹，应当使用_____命令进行设置。

8. 使用"调试器"调试程序时，用于显示正在调试的程序文件的窗口是_____。

9. 禁止在 Visual FoxPro 窗口中显示程序运行结果的命令为_____。

10. 有如下程序

```
SET TALK OFF
S=0
I=1
DO WHILE I<=10
S=S+I
I=I+1
ENDDO
?I,S
SET TALK ON
RETURN
```

执行上面程序后，屏幕显示的结果是_____。

11. 要清除当前所有名字的第 2 个字符为"X"的内存变量，应该使用命令_____。

12. 在 Visual FoxPro 中，_____是指发现程序出错时，确定出错的位置并纠正错误。

13. 执行 FOR…ENDFOR 语句时，若步长为_____值，则循环条件为（循环变量）<=（终值）；若步长为_____值，则循环条件为（循环变量）>（终值）。

14. 在程序中若命令需要分行书写，应在一行终了时输入续行符_____，再按回车键。

15. 用 LOCAL 命令建立局部变量，则变量的初值为_____。

16. 若调用过程文件 W11.PRG 中的一个过程 AA，则必须首先用_____命令打开这个过程文件然后用_____命令运行它。

17. 用 DO 命令调用程序文件时，不能省略扩展名的是_____文件和_____文件。

18. 在 Visual FoxPro 中，_____语句是一种扩展的选择结构，使用这样的语句可以根据条件从多组代码中选择一组执行。

19. 在"命令"窗口中像执行程序一样一次执行多条命令，可以右击并在弹出的快捷菜单中选择_____。

20. 程序中的错误可以分为语法错误和_____错误两类。

21. 在简单的输入输出命令中，只能接收字符的命令是_____。

22. 在程序中直接使用（没有通过 PUBLIC 和 LOCAL 命令事先声明）而由系统自动隐含建立的变量都是_____变量。

23. 对于 FOR…ENDFOR 语句，短语 STEP <步长>中的<步长>默认值为_____。

24. 在 Visual FoxPro 中，_____是为了完成某一具体任务而编写的一系列的命令和语句。

25. _____是指在程序中命令或语句执行的流程结构。

26. 在 Visual FoxPro 中，程序调试是指在发现程序有错误时，确定错误出现的_____并纠正错误。

27. 下面程序段的功能是计算长方形的面积，将其补充完整。

```
X=5
Y=7
S=0
DO ____WITH X ,Y ,S
?S
PRODEDURE AREA
```

```
      S1=X*Y
      RETURN
```

28. 下面程序段的运行结果为_____。

```
STORE 0 TO X ,Y
DO WHILE .T.
    X=X+1
    Y=Y+X
    IF X>=100
        EXIT
    ENDIF
ENDDO
?"Y="+STR(Y+10)
```

29. 下面程序段的运行结果是_____。

```
STORE 0 TO X ,Y
X=5
Y=6
X=X+Y
Y=X-Y
X=X-Y
?X
?Y
```

30. 保存程序文件的快捷键为_____。

三、编程题

1. 求 1 到 100 中偶数的和。

2. 求表达式 $S=1/2+2/3+3/5+5/8+8/13+\cdots$ 的值，相加的项数由键盘输入指定。

3. 求数列 1!，2!，3!，$\cdots$，n!的前 10 项之和。

第9章 面向对象的程序设计

一、选择题

1. 对象是现实世界中一个实际存在的事物，它可以是有形的也可以是无形的，下面所列举的不是对象的是（　　）。

    A. 桌子   B. 飞机

    C. 狗   D. 苹果的颜色

2. 下面对对象概念描述不正确的是（　　）。

    A. 任何对象都必须有继承性   B. 对象是属性和方法的封装体

    C. 对象间的通信靠消息传递   D. 操作是对象的动态属性

3. 面向对象的开发方法中，类与对象的关系是（　　）。

    A. 具体与抽象   B. 抽象与具体

    C. 整体与部分   D. 部分与整体

4. 下面关于面向对象程序设计方法的说法中错误的是（　　　）。

    A．客观世界中的任何一个事物都可以看成是一个对象

    B．面向对象方法的本质就是主张从客观世界固有的事物出发来构造系统，提倡用人类在现实生活中常用的思维方法来认识、理解和描述客观事物

    C．面向对象程序设计方法主要采用顺序、选择、循环三种结构进行程序设计

    D．对象就是一个包含数据以及这些数据有关的操作的集合

5. 下列不是面向对象程序设计的主要优点的是（　　　）。

    A．稳定性好　　　　B．结构清晰　　　　C．可重用性好　　　　D．可维护性好

6. 面向对象程序设计方法有许多优点，其中之一是可维护性好，下列所述不是可维护性好的原因是（　　　）。

    A．用面向对象的方法开发的软件稳定性比较好

    B．用面向对象的方法开发的软件可移植比较好

    C．用面向对象的方法开发的软件比较容易修改

    D．用面向对象的方法开发的软件比较容易理解

7. 下述关于对象的叙述错误的是（　　　）。

    A．具有属性（数据）和方法（行为方式）的实体叫对象

    B．对象是现实世界中的一个实际存在的事物

    C．桌子可以是一个对象

    D．对象不可以是无形的

8. 下列关于属性的描述中错误的是（　　　）。

    A．属性是对象所包含的信息　　　　B．属性只能通过执行对象的操作来改变

    C．属性中包含方法　　　　D．属性在设计对象时确定

9. 对象的封装性是指（　　　）

    A．从外面只能看到对象的外部特征，而不知道也无需知道数据的具体结构以及实现操作的算法

    B．可以将具有相同属性和操作的对象抽象成类

    C．同一个操作可以是不同对象的行为

    D．对象内部各种元素彼此结合的很紧密，内聚性很强

10. 下列不属于继承的优点的是（　　　）

    A．使程序的模块集成性更强

    B．减少了程序中的冗余信息

    C．可以提高软件的可重用性

    D．使得拥护在开发新的应用系统时不必完全从零开始

二、填空题

1. 在面向对象的程序设计中_____是指一个类实例和另一个类实例之间传递的信息。

2. 在面向对象分析和设计中，通常把对象所进行的操作行为称为_____。

3. 类是对象的抽象，而一个对象则是对其对应类的_____。

4. 一个类只允许有一个父类这样的继承称为_____。

5．继承使得相似的对象可以共享程序代码和数据结构，从而大大减少了程序中的冗余信息，提高软件的_____。

6．对象根据所接受的消息而做出的动作，同样的消息被不同的对象所接受时可能导致完全不同的行为，这种现象称为_____。

7．对象和类的关系可以表示为_____和_____关系。

8．_____是面向对象方法中最基本的概念。

9．类是具有共同属性和_____的对象的集合。

10．具有相同或者相似性质的对象的集合就是类。类的具体化就是对象。也可以说对象就是类的_____。

第10章 表单设计

一、选择题

1．在 Visual FoxPro 中，Unload 事件的触发时机是____。

    A．释放表单   B．打开表单   C．创建表单   D．运行表单

2．假设在表单设计器环境下，表单中有一个文本框且已经被选定为当前对象。现在从属性窗口中选择 Value 属性，然后在设置框中输入：= { ˆ 2001-9-10}-{ ˆ 2001-8-20}。请问以上操作后，文本框 Value 属性值的数据类型为____。

    A．日期型   B．数值型   C．字符型   D．以上操作出错

3．在表单设计中，经常会用到一些特定的关键字、属性和事件。下列各项中属于属性的是____。

    A．This   B．ThisForm   C．Caption   D．Click

4．能够将表单的 Visible 属性设置为.T.，并使表单成为活动对象的方法是____。

    A．Hide   B．Show   C．Release   D．SetFocus

5．下面对编辑框（EditBox）控制属性的描述正确的是____。

    A．SelLength 属性的设置可以小于 0

    B．当 ScrollBars 的属性值为 0 时，编辑框内包含水平滚动条

    C．SelText 属性在做界面设计时不可用，在运行时可读写

    D．Readonly 属性值为.T.时，用户不能使用编辑框上的滚动条

6．下面对控件的描述正确的是____。

    A．用户可以在组合框中进行多重选择

    B．用户可以在列表框中进行多重选择

    C．用户可以在一个选项组中选中多个选项按钮

    D．用户对一个表单内的一组复选框只能选中其中一个

7．确定列表框内的某个条目是否被选定应使用的属性是____。

    A．Value   B．ColumnCount   C．ListCount   D．Selected

8．在 Visual FoxPro 中，运行表单 T1.SCX 的命令是____。

    A．DO T1   B．RUN FORM1 T1

    C．DO FORM T1　　　　　　　　　　D．DO FROM T1

9．在 Visual FoxPro 中，为了将表单从内存中释放（清除），可将表单中退出命令按钮的 Click 事件代码设置为____。

    A．ThisForm.Refresh　　　　　　　　B．ThisForm.Delete

    C．ThisForm.Hide　　　　　　　　　　D．ThisForm.Release

10．假定一个表单里有一个文本框 Text1 和一个命令按钮组 CommandGroup1，命令按钮组是一个容器对象，其中包含 Command1 和 Command2 两个命令按钮。如果要在 Command1 命令按钮的某个方法中访问文本框的 value 属性值，下面哪个式子是正确的____？

    A．ThisForm.Text1.value　　　　　　B．This.Parent.value

    C．Parent.Text1.value　　　　　　　　D．this.Parent.Text1.value

11．下面是关于表单数据环境的叙述，其中错误的是____。

    A．可以在数据环境中加入与表单操作有关的表

    B．数据环境是表单的容器

    C．可以在数据环境中建立表之间的联系

    D．表单自动打开其数据环境中的表

12．新创建的表单默认标题为 Form1，为了修改表单的标题，应设置表单的____。

    A．Name 属性　　B．Caption 属性　　C．Closable 属性　　D．AlwaysOnTop 属性

13．有关控件对象的 Click 事件的正确叙述是____。

    A．用鼠标双击对象时引发　　　　　　B．用鼠标单击对象时引发

    C．用鼠标右键单击对象时引发　　　　D．用鼠标右键双击对象时引发

14．关闭当前表单的程序代码是 ThisForm.Release，其中的 Release 是表单对象的____。

    A．标题　　　　　B．属性　　　　　C．事件　　　　　D．方法

15．以下叙述与表单数据环境有关，其中正确的是____。

    A．当表单运行时，数据环境中的表处于只读状态，只能显示不能修改

    B．当表单关闭时，不能自动关闭数据环境中的表

    C．当表单运行时，自动打开数据环境中的表

    D．当表单运行时，与数据环境中的表无关

16．在 Visual FoxPro 中释放和关闭表单的方法是____。

    A．RELEASE　　B．CLOSE　　　　C．DELETE　　　D．DROP

17．在表单中为表格控件指定数据源的属性是____。

    A．DataSource　　　　　　　　　　　B．RecordSource

    C．DataFrom　　　　　　　　　　　　D．RecordFrom

18．以下关于表单数据环境叙述错误的是____。

    A．可以向表单数据环境设计器中添加表或视图

    B．可以从表单数据环境设计器中移出表或视图

    C．可以在表单数据环境设计器中设置表之间的关系

    D．不可以在表单数据环境设计器中设置表之间的关系

下面 19～21 题使用图 10-1。

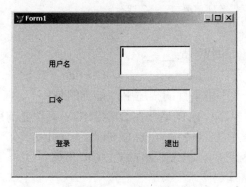

图 10-1 登录界面

19. 如果在运行表单时，要使表单的标题显示"登录窗口"，则可以在 Form1 的 Load 事件中加入语句____。

    A．THISFORM.CAPTION="登录窗口" B．FORM1.CAPTION="登录窗口"

    C．THISFORM.NAME="登录窗口"　　　 D．FORM1.NAME="登录窗口"

20. 如果想在运行表单时，向 Text2 中输入字符，回显字符显示的是"*"是，则可以在 Form1 的 Init 事件中加入语句____。

    A．FORM1.TEXT2.PASSWORDCHAR = "*"

    B．FORM1.TEXT2.PASSWORD = "*"

    C．THISFORM.TEXT2.PASSWORD = "*"

    D．THISFORM.TEXT2.PASSWORDCHAR = "*"

21. 假设用户名和口令存储在自由表"口令表"中，当用户输入用户名和口令并单击"登录"按钮时，若用户名输入错误，则提示"用户名错误"；若用户名输入正确，而口令输入错误，则提示"口令错误"。若命令按钮"登录"的 Click 事件中的代码如下。

```
USE 口令表
GO TOP
flag=0
DO WHILE .not.EOF()
IF Alltrim(用户名)==Alltrim(Thisform.Text1.value)
IF Alltrim(口令)==Alltrim(Thisform.Text2.value)
WAIT "欢迎使用" WINDOW TIMEOUT2
ELSE
WAIT "口令错误" WINDOW TIMEOUT2
ENDIF
flag=1
EXIT
ENDIF
SKIP
ENDDO
IF
    _____
```

```
WAIT "用户名错误" WINDOW TIMEOUT2
ENDIF
```

则在横线处应填写的代码是____。

  A．flag = -1   B．flag = 0   C．flag = 1   D．flag = 2

22．下面关于表单若干常用事件的描述中，正确的是____。

  A．释放表单时，UNLOAD 事件在 DEXTROY 事件之前引发

  B．运行表单时，INIT 事件在 LOAD 事件之前引发

  C．单击表单的标题栏，引发表单的 CLICK 事件

  D．上面的说法都不对

23．假设某个表单中有一个命令按钮 cmdClose，为了实现当用户单击此按钮时能够关闭该表单的功能，应在该按钮的 Click 事件中写入语句____。

  A．ThisForm.Close   B．ThisForm.Erase

  C．ThisForm.Release   D．ThisForm.Return

24．假设表单上有一选项组：●男○女，其中第一个选项按钮"男"被选中。请问该选项组的 Value 属性值为____。

  A．.T.   B．"男"   C．1   D．"男"或 1

25．在 Visual FoxPro 中调用表单 mf1 的正确命令是____。

  A．DO mf1   B．DO FROM mf1   C．DO FORM mf1   D．RUN mf1

二、填空题

1．在 Visual FoxPro 中，在运行表单时最先引发的表单事件是_____事件。

2．在 Visual FoxPro 表单中，当用户使用鼠标单击命令按钮时，会触发命令按钮的_____事件。

3．在 Visual FoxPro 中，假设表单上有一选项组：●男 ○女，该选项组的 Value 属性值赋为 0。当其中的第一个选项按钮"男"被选中，该选项组的 Value 属性值为_____。

4．在 Visual FoxPro 表单中，用来确定复选框是否被选中的属性是_____。

5．用来指定显示在复选框旁的文字的属性是_____。

6．在表单中确定控件是否可见的属性是_____。

7．在 Visual FoxPro 中，运行当前文件夹下的表单 T1.SCX 的命令是_____。

8．运行表单时，Load 事件是在 Init 事件之_____被引发。

9．在 Visual FoxPro 中释放和关闭表单的方法是_____。

10．在 Visual FoxPro 的表单设计中，为表格控件指定数据源的属性是_____。

11．在 Visual FoxPro 中为表单指定表题的属性是_____。

12．在 Visual FoxPro 中，如果要改变表单上表格对象中当前显示的列数，应设置表格的_____属性值。

13．在表单设计器中可以通过_____工具栏中的工具快速对齐表单中的控件。

14．为使表单运行时在主窗口中居中显示，应设置表单的 AutoCenter 属性值为_____。

第11章 报表设计与标签设计

一、选择题

1. 不可以作为报表的数据来源____。
   A. 自由表 　　　B. 数据库表 　　　C. 视图 　　　　D. 表结构

2. 分组/总计报表的总计是把数据源中所有记录中每个____字段作总计。
   A. 字符型 　　　B. 数值型 　　　C. 逻辑型 　　　D. 日期型

3. 报表的组注脚是为了表示____。
   A. 总计或统计 　　　　　　　B. 每页总计
   C. 总结 　　　　　　　　　　D. 分组数据的计算结果

4. 创建一对多报表要求保证两个数据表____。
   A. 可以是两个数据库的表
   B. 可以是两个自由表
   C. 可以是一个数据库中两个不相关的数据表
   D. 必须是一个数据库中的两个一对多表

5. 在使用 set print on 命令接通打印机后，结果不能输出到打印机的命令组是____。
   A. use ss 　　　　B. use ss 　　　　C. use ss 　　　　D. ?"VCD"
   　　List 　　　　　　list to print 　　　@3,3 say 姓名

6. 在创建快速报表时，基本带区包括____。
   A. 标题、细节和总结 　　　　　B. 组标头、细节和组注脚
   C. 页标头、细节和页注脚 　　　D. 报表标题、细节和页注脚

7. 在 VFP 中添加域控件后，可以更改其数据类型和打印格式，域控件的数据类型包括____。
   A. 字符型、数值型、通用型 　　B. 字符型、日期型、通用型
   C. 字符型、数值型、日期型 　　D. 日期型、字符型、逻辑型

8. 创建报表的命令是____。
   A. create view 　　　　　　　B. create database
   C. create report 　　　　　　D. create query

9. 在 VFP 中设计报表时，需要在报表中添加控件，以设计所要打印内容的格式。用于打印数据表或视图中的字段、变量和表达式的计算机结果的控件____。
   A. 域控件 　　B. 线条 　　　C. 图片/ActiveX 控件 　　D. 标签控件

10. 修改报表需要在____环境下进行。
    A. 报表向导 　　　　　　　　B. 报表设计器和报表向导都可以
    C. 报表设计器 　　　　　　　D. 报表设计器和报表向导都可以

11. 在 Visual FoxPro 6.0 系统中，利用系统提供的____可以创建一个格式简单的报表，然后在此基础上进行修改，可以达到快速构造所需报表的目的。
    A. 报表设计器 　　　　　　　B."快速报表"功能

C．报表向导　　　　　　　　　　　D．报表控件

12．在 Visual FoxPro 6.0 系统中，一个报表可以设置多个数据分组，对报表进行数据分组后，报表中会自动出现两个带区____。

A．页标头和页注脚　　　　　　　　B．组标头和组注脚

C．行标头和行注脚　　　　　　　　D．列标头和列注脚

13．在 Visual FoxPro 6.0 系统中，设置报表为多栏报表必须在____对话框中设置。

A．页面设置　　　　　　　　　　　B．数据环境

C．快速报表　　　　　　　　　　　D．报表设计器

14．在 Visual FoxPro 6.0 系统中，可以使用命令____打印制定的报表。

A．do form <报表文件名>　　　　　B．report form <报表文件名> to printer

C．report form <报表文件名> preview　D．以上命令都可以实现

15．报表标题要通过____控件定义。

A．域控件　　　　B．标签　　　　C．布局　　　　D．线条

二、填空题

1．报表文件保存的是_____。

2．报表是由_____和_____两部分组成。

3．在报表中，打印输出内容的主要区是_____带区。

4．报表布局是报表的_____。

5．在 VFP 中设计报表，可以设置一个或多个数据分组，分组基于一个或多个字段组成的_____。

6．常用的报表布局有_____、_____、_____和_____。

7．_____报表就是表中每条记录的各个字段，在页面上按水平方向分布。

8．"图片 ActiveX 绑定控件"按钮用于显示_____或_____内容。

9．定位输出连通打印机的命令是_____。

10．在 VFP 中，报表可以在打印机上输出，也可以选择系统菜单栏中"显示"菜单下的_____命令浏览。

第 12 章　菜单设计

一、选择题

1．关于菜单结构，错误的叙述的是____。

A．典型的菜单系统一般是一个下拉菜单

B．下拉菜单由条形菜单和弹出式菜单组成

C．菜单项名称和内部名称是一样的

D．每选择一个菜单项，就会产生一个动作

2．在命令窗口，可以用 do 命令运行菜单程序的扩展名为____。

A．.mpr　　　　　　　　　　　　　B．.fmt

C．.frm　　　　　　　　　　　　　D．.mnx

3．在 Visual FoxPro 6.0 系统中，可以在____中指定菜单的快捷键。

    A．结果   B．菜单级

    C．菜单项   D．"提示选项"对话框

4．将一个预览成功的菜单存盘，在运行该菜单时却不能执行。这是因为____。

    A．没有编入程序   B．没有生成程序

    C．没有使用命令   D．没有放到项目中去

5．在 Visual FoxPro 6.0 系统中，在代码中引用的是条形菜单的____。

    A．内部名称   B．名称

    C．标题   D．选项序号

6．在 Visual FoxPro 6.0 系统中设计快捷菜单时，快捷菜单一般从属于某个界面对象，一般在选定对象的____事件中添加调用快捷菜单程序的命令。

    A．Click   B．DblClick   C．Load   D．RightClick

7．在 Visual FoxPro 6.0 系统中，为顶层表单添加下拉式菜单时，需要将表单的 ShowWindow 属性值定义为____。

    A．2   B．3   C．4   D．5

8．要使文件菜单项用 F 作为访问快捷键，可有____定义该菜单标题。

    A．文件（F）   B．文件（>/F）   C．文件（\<F）   D．文件（/<F）

9．在 VFP 中，可以利用系统菜单中的"显示"菜单下的____命令来定义菜单系统的总体属性。

    A．菜单选项   B．提示选项   C．常规选项   D．其他选项

10．VFP 支持的下拉式菜单由弹出式菜单和____组成。

    A．主菜单   B．子菜单   C．快捷式菜单   D．条形菜单

二、填空题

1．菜单系统是由菜单、_____、_____和菜单标题组成。

2．菜单栏用于放置多个_____。

3．在 VFP 中进行菜单设计时，通过_____命令可以允许或者禁止在程序执行时访问系统菜单，或重新配置系统菜单。

4．在应用程序中，一般以_____方式列出其功能。

5．每个菜单项都可以放置一个热键，热键通常是一个_____。

6．在 Visual FoxPro 6.0 系统中，一般通过菜单设计器设计菜单，菜单设计器中的"结果"中可选项为_____、过程、_____和填充名称或菜单项。

7．在某些界面对象上用鼠标右键单击会弹出一个快捷菜单供用户选择，快捷菜单是由一个或一组_____组成的。

8．应用系统一般都可以利用菜单进行操作，菜单的任务可以是执行一个过程、执行一条命令_____。

9．在 Visual FoxPro 6.0 系统中，菜单设计器中的"选项"可以用来定义菜单项的_____。

10．要为表单设计下拉式菜单，首先需要在菜单设计时，在_____对话框中选择"顶层表单"复选框。

同步练习参考答案

第 1 章　数据库技术基础

一、选择题

1. D　2. B　3. C　4. C　5. A　6. D　7. A　8. B　9. C　10. C
11. A　12. D　13. A　14. A　15. A　16. A　17. B　18. B　19. D　20. D

二、填空题

1. 层次模型；网状模型；关系模型　2. 数据库应用系统　3. 二维表　4. 32；关系模型　5. 数据库开发软件；VFP　6. 主关键字　7. 自然连接　8. 一；多

第 2 章　Visual FoxPro 概述

一、选择题

1. A　2. C　3. D　4. D　5. D　6. B

二、填空题

1. QUIT　2. 设计器；生成器；向导　3. 设计器　4. 工具；选项　5. 数据库管理；结构化；面向对象

第 3 章　数据与数据运算

一、选择题

1. D　2. D　3. C　4. C　5. D　6. B　7. B　8. D　9. A　10. B
11. A　12. D　13. C　14. B　15. D　16. A　17. C　18. D　19. C　20. A
21. B　22. B　23. B　24. C　25. A　26. B　27. D　28. B　29. A　30. B
31. C　32. A　33. D　34. A　35. C　36. B　37. D　38. D　39. A　40. D
41. C　42. D　43. C　44. C　45. A　46. A　47. A　48. B　49. A　50. C

二、填空题

1. DIMENSION；DECLARE　2. 真；假　3. 定义；使用　4. F.　5. 你123　6. DE
7. 字符型　8. -2　9. 1　10. 50　11. 10　12. 8　13. 0　14. GOODGIRLBOY　15. 280
16. STORE　20 TO A1，A2　17. 389.75；390；400；78；0；-78.56　18. 1；.F.；.F.；1；.T.；.F.；
9；.F.；.F.；.F.；.T.；10　19. .T.；.F.；.T.；.F.；.F.；.T.；.F.；.F.　20. 后　21. 6　22. 数
值　23. 0　24. 6　25. 0　26. .T.；.F.　27. RIGHT；LEFT　28. 年龄；45　29. 11
30. N；C

第 4 章　项目管理器

一、选择题

1. C　2. B　3. D　4. D　5. D

二、填空题

1. PJX　2. 数据库；表；查询　3. 表单；报表；标签　4. 程序　5. 菜单；文本文件

第5章　数据库与表的创建和操作

一、选择题

1. B　2. D　3. D　4. C　5. D　6. C　7. B　8. D　9. A　10. C
11. A　12. A　13. D　14. C　15. B　16. C　17. B　18. C　19. A　20. A
21. A　22. A　23. B　24. A　25. B　26. C　27. B　28. C　29. A　30. A
31. B　32. B　33. A　34. A　35. C　36. B　37. A　38. A　39. D　40. D
41. C　42. B　43. C　44. D　45. A　46. A　47. B　48. C　49. D　50. C
51. A　52. A　53. B　54. D　55. C　56. B　57. A　58. A　59. C　60. C
61. A　62. A　63. C　64. C　65. C　66. C　67. C　68. B　69. B　70. A
71. B　72. C　73. B　74. B　75. B　76. C　77. A　78. D　79. B　80. A
81. C　82. A　83. D　84. D　85. C　86. D　87. A　88. C　89. A　90. B
91. B　92. D　93. D　94. A　95. D　96. D　97. B　98. D　99. B　100. C

二、填空题

1. 实体完整性；域完整性；参照完整性　2. 主索引；候选索引；域　3. 临时　4. 永久　5. 逻辑　6. 查询；更新　7. 数据库　8. 1；多；多　9. 多；1；SET DATABASE TO　10. CLEAR　11. 绝对；相对　12. 永久；级联；限制　13. APPEND BLANK　14. 32767　15. SET ORDER TO XUEHAO；DELE TAG XUEHAO　16. 实体　17. 关联　18. SELECT 3　19. MODIFY STRUCT　20. 升序；降序

第6章　查询与视图

一、选择题

1. C　2. D　3. B　4. A　5. C　6. D　7. D　8. B　9. B　10. B
11. A　12. D　13. D　14. A　15. C　16. D　17. D　18. B　19. C　20. C
21. B　22. A　23. B　24. D　25. C　26. A　27. D　28. B　29. D　30. D

二、填空题

1. 数据库　2. .qpr　3. 查询条件　4. 本地视图；远程视图　5. 浏览窗口　6. 打开　7. 联接　8. 杂项　9. 连接；连接　10. 基本表　11. 使用 SQL 语句操作视图　12. 基本表　13. 数据库　14. MODIFY VIEW <文件名>　15. 表　16. 数据库；视图名；浏览　17. 联接条件　18. 更新　19. 不能　20. 表；查询

第7章　关系数据库标准语言 SQL

一、选择题

1. D　2. B　3. A　4. A　5. D　6. C　7. B　8. C　9. C　10. D
11. C　12. B　13. C　14. D　15. A　16. B　17. C　18. A　19. D　20. C
21. A　22. B　23. C　24. A　25. B　26. A　27. D　28. A　29. D　30. C

二、填空题

1. UPDATE；WHERE　2. DELETE；UPDATE　3. GROUP BY 课程号　4. Y　5. DROP VIEW　6. IS NULL　7. DISTINCT　8. JOIN；普通联接；内部联接　9. UPDATE；ALTER

10. 插入；更新；删除　11. LIKE；%；_　12. ADD；ALTER　13. BETWEEN…AND；IN　14. COUNT()；SUM()；AVG()；MAX()；MIN()　15. INTO ARRAY ArrayName　16. SOME，WHERE　17. TO A　18. WHERE；GORUP BY；ORDER BY　19. PRIMARY KEY　20. DELETE；DROP　21. 一　22. 简单查询；SELECT ；FROM ；SELECT；FROM ；WHERE　23. 逻辑　24. 交互式 SQL；嵌入式 SQL　25. 删除索引　26. !=　27. UNIQUE　28. SELECT 命令　29. INTO CURSOR ；INTO TABLE ；INTO ARRAY；TO FILE…ADDITVE　30. CHECK

第 8 章　Visual FoxPro 结构化程序设计

一、选择题

　1. C　2. D　3. B　4. C　5. B　6. C　7. A　8. C　9. C　10. C　11. C　12. D　13. A　14. D　15. C　16. A　17. A　18. D　19. D　20. B　21. A　22. B　23. C　24. D　25. C　26. D　27. A　28. B　29. C　30. A

二、填空题

　1. NOTE；*　2. MODIFY COMMAND A1.PRG　3. F9　4. PY=IIF(CJ≥=90, "优秀",IIF(CJ≥=60,"合格", "不合格"))　5. PUBLIC　6. 1　7. SET DEFAULT　8. 跟踪窗口　9. SET TALK OFF　10. 11　55　11. RELEASE ALL LIKE ?X*　12. 程序调试　13. 正；负　14. ；　15. 逻辑假（.F.）　16. SET PROCEDURE TO W11；DO AA　17. 查询；菜单　18. 分支（DO CASE…ENDCASE）　19. 运行所选区域　20. 逻辑　21. ACCEPT；WAIT　22. 私有　23. 1　24. 程序　25. 程序结构　26. 位置　27. AREA ；PARAMETERS X,Y,S1　28. Y=5050　29. 6　5　30. Ctrl+S

三、编程题

1.

```
AA=0
FOR I=2 TO 100 STEP 2
AA=AA+I
ENDFOR
?AA
RETURN
```

2.

```
INPUT"请输入项数"TO N
S=0
A=1
B=2
I=1
T=A/B
DO WHILE I<=N
   S=S+T
   I=I+1
   C=A
   A=B
```

```
    B=C+B
    T=A/B
ENDDO
?S
```

3.

```
SUM=0
TEMP=1
FOR N=1 TO 10
    TEMP=TEMP*N
    SUM=SUM+TEMP
ENDFOR
?SUM
```

第 9 章　面向对象的程序设计

一、选择题

1．D　2．A　3．B　4．C　5．B　6．B　7．D　8．C　9．A　10．A

二、填空题

1．消息　2．方法或者服务　3．一个实例　4．单继承　5．可重用性　6．多态性　7．具体；抽象　8．对象　9．共同方法　10．实例

第 10 章　表单设计

一、选择题

1．A　2．B　3．C　4．B　5．C　6．B　7．D　8．C　9．D　10．A
11．B　12．B　13．B　14．D　15．C　16．A　17．B　18．D　19．A　20．D
21．B　22．D　23．C　24．D　25．C

二、填空题

1．Load　2．Click　3．1　4．Value　5．Caption　6．Visible　7．DO　Form T1　8．前
9．Release 方法　10．RecordSource　11．Caption　12．COLUMNCOUNT　13．布局
14．.T.

第 11 章　报表设计与标签设计

一、选择题

1．D　2．B　3．D　4．D　5．C　6．C　7．C　8．C　9．A　10．C
11．B　12．B　13．A　14．B　15．B

二、填空题

1．报表格式的定义　2．数据源；报表布局　3．细节　4．输出格式　5．分组表达式　6．列报表；行报表；多栏报表；一对多报表　7．列　8．图片；通用型字段　9．set device to print　10．预览

第 12 章　菜单设计

一、选择题

1. C　2. A　3. D　4. B　5. A　6. D　7. A　8. C　9. C　10. D

二、填空题

1. 菜单项；菜单栏　2. 菜单标题　　3. set sysmenu　4. 菜单　5. 字符　6. 命令；子菜单　7. 弹出式菜单　8. 激活另一个菜单　　9. 属性　10. 常规选项

第三部分

Visual FoxPro 二级考试笔试真题及上机模拟题

2010 年 3 月全国计算机等级考试二级 Visual FoxPro 笔试真题

一、选择题（每小题 2 分，共 70 分）

下列各题 A、B、C、D 四个选项中，只有一个选项是正确的，请将正确选项涂写在答题卡相应位置上，答在试卷上不得分。

1. 下列叙述中正确的是（　　）。
   A. 对长度为 n 的有序链表进行查找，最坏情况下需要比较次数为 n
   B. 对长度为 n 的有序链表进行对分查找，最坏情况下需要比较次数为（n/2）
   C. 对长度为 n 的有序链表进行对分查找，最坏情况下需要的比较次数（log（2n））
   D. 对长度为 n 的有序链表进行对分查找，最坏情况下需要的比较次数（nlog（2n））

2. 算法的时间复杂度是指（　　）。
   A. 算法的执行时间
   B. 算法所处理的数据量
   C. 算法程序中的语句或指令条数
   D. 算法在执行过程中所需要的基本运算次数

3. 软件按功能可以分为：应用软件、系统软件和支持软件（或工具软件），下面属于系统软件的是（　　）。
   A. 编辑软件　　　　　　　　　　　B. 操作系统
   C. 教务管理系统　　　　　　　　　D. 浏览器

4. 软件（程序）调试的任务是（　　）。
   A. 诊断和改正程序中的错误　　　　B. 尽可能多的发现程序中的错误
   C. 发现并改正程序中的所有错误　　D. 确定程序中错误的性质

5. 数据流程图（DFD 图）是（　　）。
   A. 软件概要设计的工具　　　　　　B. 软件详细设计的工具
   C. 结构化方法的需求分析工具　　　D. 面向对象方法的需求分析工具

6. 软件生命周期可以分为定义阶段、开发阶段和维护阶段。详细设计属于（　　）。
   A. 定义阶段　　　　　　　　　　　B. 开发阶段
   C. 维护阶段　　　　　　　　　　　D. 上述三个阶段

7. 数据库管理系统中负责数据模式定义的语言是（　　）。

　　A. 数据定义语言　　　　　　　　　　B. 数据管理语言

　　C. 数据操作语言　　　　　　　　　　D. 数据控制语言

8. 在学生管理的关系数据库中，存取一个学生信息的数据单位是（　　）。

　　A. 文件　　　　　B. 数据库　　　　　C. 字段　　　　　D. 记录

9. 数据库设计中，用 E-R 图来描述信息结构但不涉及信息在计算机中的表示，它属于数据库设计的（　　）。

　　A. 需求分析阶段　　　　　　　　　　B. 逻辑设计阶段

　　C. 概念设计阶段　　　　　　　　　　D. 物理设计阶段

10. 有两个关系 R 和 T 如下：

	R	
A	B	C
a	1	2
b	2	2
c	3	2
d	3	2

	T	
A	B	C
c	3	2
d	3	2

　　则由关系 R 得到关系 T 的操作是（　　）。

　　A. 选择　　　　　B. 投影　　　　　C. 交　　　　　D. 并

11. 在 Visual FoxPro 中，编译后的程序文件的扩展名为（　　）。

　　A. PRG　　　　　B. EXE　　　　　C. DBC　　　　　D. FXP

12. 假设表文件 TEST.DBF 已经在当前工作区打开，要修改其结构，可使用的命令（　　）。

　　A. MODI STRU　　　　　　　　　　B. MODI COMM TEST

　　C. MODI DBF　　　　　　　　　　　D. MODI TYPE TEST

13. 为当前表中所有学生的总分增加 10 分，可以使用的命令是（　　）。

　　A. CHANGE 总分 WITH 总分 + 10

　　B. REPLACE 总分 WITH 总分 + 10

　　C. CHANGE ALL 总分 WITH 总分 + 10

　　D. REPLACE ALL 总分 WITH 总分 + 10

14. 在 Visual FoxPro 中，下面关于属性、事件、方法叙述错误的是（　　）。

　　A. 属性用于描述对象的状态

　　B. 方法用于表示对象的行为

　　C. 事件代码也可以像方法一样被显式调用

　　D. 基于同一个类产生的两个对象的属性不能分别设置自己的属性值

15. 有如下的赋值语句，结果为“大家好”的表达式是（　　）。

　　a = "你好"

　　b = "大家"

　　A. b + AT(a,1)　　　　　　　　　　B. b + RIGHT(a,1)

　　C. b + LEFT(A,3,4)　　　　　　　　D. b + RIGHT(a,2)

16. 在 Visual FoxPro 中“表”是指（　　）。

　　A. 报表　　　　　B. 关系　　　　　C. 表格控件　　　　　D. 表单

17. 在下面的 Visual FoxPro 表达式中，运算结果为逻辑真的是（   ）。
    A. EMPTY（.NULL.）   B. LIKE（'xy?'，'xyz'）
    C. AT（'xy'，'abcxyz'）   D. ISNULL（SPACE（0））

18. 以下关于视图的描述正确的是（   ）。
    A. 视图和表一样包含数据   B. 视图物理上不包含数据
    C. 视图定义保存在命令文件中   D. 视图定义保存在视图文件中

19. 以下关于关系的说法正确的是（   ）。
    A. 列的次序非常重要   B. 行的次序非常重要
    C. 列的次序无关紧要   D. 关键字必须指定为第一列

20. 报表的数据源可以是（   ）。
    A. 表或视图   B. 表或查询
    C. 表、查询或视图   D. 表或其他报表

21. 在表单中为表格控件指定数据源的属性是（   ）。
    A. DataSource   B. RecordSource
    C. DataFrom   D. RecordFrom

22. 如果指定参照完整性的删除规则为"级联"，则当删除父表中的记录时（   ）。
    A. 系统自动备份父表中被删除记录到一个新表中
    B. 若子表中有相关记录，则禁止删除父表中记录
    C. 会自动删除子表中所有相关记录
    D. 不作参照完整性检查，删除父表记录与子表无关

23. 为了在报表中打印当前时间，这时应该插入一个（   ）。
    A. 表达式控件   B. 域控件
    C. 标签控件   D. 文本控件

24. 以下关于查询的描述正确的是（   ）。
    A. 不能根据自由表建立查询   B. 只能根据自由表建立查询
    C. 只能根据数据库表建立查询   D. 可以根据数据表和自由表建立查询

25. SQL 语言的更新命令的关键词是（   ）。
    A. INSERT   B. UPDATE   C. CREATE   D. SELECT

26. 将当前表单从内存中释放的正确语句是（   ）。
    A. ThisForm.Close   B. ThisForm..Clear
    C. ThisForm..Release   D. ThisForm.Refresh

27. 假设职员表已在当前工作区打开，其当前记录的"姓名"字段值为"李彤"（C 型字段）。在命令窗口输入并执行以下命令：

    姓名=姓名-"出勤"
    ? 姓名

    屏幕上会显示（   ）。
    A. 李彤   B. 李彤-出勤   C. 李彤出勤   D. 李彤-出勤

28. 假设"图书"表中有 C 型字段"图书编号"，要求将图书编号以字母 A 开头的图

书记录全部打上删除标记，可以使用 SQL 命令（　　　）。

　　A．DELETE FROM 图书 FOR 图书编号 = "A"

　　B．DELETE FROM 图书 WHERE 图书编号 = "A%"

　　C．DELETE FROM 图书 FOR 图书编号 = "A#"

　　D．DELETE FROM 图书 WHERE 图书编号 LIKE "A%"

29．下列程序段的输出结果是（　　　）。

```
ACCEPT TO A
IF A=[123]
    S=0
ENDIF
    S=1
? S
```

　　A．0　　　　　　　　B．1　　　　　　　　C．123　　　　　　　　D．由 A 的值决定

第 30 到第 35 题基于图书表、读者表和借阅表三个数据库表，它们的结构如下：

图书（图书编号，书名，第一作者，出版社）：图书编号、书名、第一作者和出版社为 C 型字段，图书编号为主关键字；

读者（借书证号，单位，姓名，职称）：借书证号、单位、姓名、职称为 C 型字段，借书证号为主关键字；

借阅（借书证号，图书编号，借书日期，还书日期）：借书证号和图书编号为 C 型字段，借书日期和还书日期为 D 型字段，还书日期默认值为 NULL，借书证号和图书编号共同构成主关键字。

30．查询第一作者为"张三"的所有书名及出版社，正确的 SQL 语句是（　　　）。

　　A．SELECT 书名，出版社 FROM 图书 WHERE 第一作者=张三

　　B．SELECT 书名，出版社 FROM 图书 WHERE 第一作者="张三"

　　C．SELECT 书名，出版社 FROM 图书 WHERE "第一作者"=张三

　　D．SELECT 书名，出版社 FROM 图书 WHERE "第一作者"="张三"

31．查询尚未归还书的图书编号和借书日期，正确的 SQL 语句是（　　　）。

　　A．SELECT 图书编号，借书日期 FROM 借阅 WHERE 还书日期=""

　　B．SELECT 图书编号，借书日期 FROM 借阅 WHERE 还书日期=NULL

　　C．SELECT 图书编号，借书日期 FROM 借阅 WHERE 还书日期 IS NULL

　　D．SELECT 图书编号，借书日期 FROM 借阅 WHERE 还书日期

32．查询"读者"表的所有记录并存储于临时表文件 one 中的 SQL 语句是（　　　）。

　　A．SELECT * FROM 读者 INTO CURSOR one

　　B．SELECT * FROM 读者 TO CURSOR one

　　C．SELECT * FROM 读者 INTO CURSOR DBF one

　　D．SELECT * FROM 读者 TO CURSOR one

33．查询单位名称中含"北京"字样的所有读者的借书证号和姓名，正确的 SQL 语句是（　　　）。

　　A．SELECT 借书证号，姓名 FROM 读者 WHERE 单位="北京%"

　　B．SELECT 借书证号，姓名 FROM 读者 WHERE 单位="北京*"

C．SELECT 借书证号，姓名 FROM 读者 WHERE 单位 LIKE"北京*"

D．SELECT 借书证号，姓名 FROM 读者 WHERE 单位 LIKE"%北京%"

34．查询 2009 年被借阅过书的图书编号和借书日期，正确的 SQL 语句是（　　）。

A．SELECT 图书编号，借书日期 FROM 借阅 WHERE 借书日期=2009

B．SELECT 图书编号，借书日期 FROM 借阅 WHERE year（借书日期）=2009

C．SELECT 图书编号，借书日期 FROM 借阅 WHERE 借书日期=year（2009）

D．SELECT 图书编号,借书日期 FROM 借阅 WHERE　year(借书日期)=year(2009)

35．查询所有"工程师"读者借阅过的图书编号，正确的 SQL 语句是（　　）。

A．SELECT 图书编号 FROM 读者，借阅 WHERE 职称="工程师"

B．SELECT 图书编号 FROM 读者，图书 WHERE 职称="工程师"

C．SELECT 图书编号 FROM 借阅 WHERE 图书编号=（SELECT 图书编号 FROM 借阅 WHERE 职称="工程师"）

D．SELECT 图书编号 FROM 借阅 WHERE 借书证号 IN（SELECT 借书证号 FROM 借阅 WHERE 职称="工程师"）

二、填空题（每空 2 分，共 30 分）

请将每一个空的正确答案写在答题卡【1】～【15】序号的横线上，答在试卷上的不得分。注意：以命令关键字填空的必须写完整。

1．一个队列的初始状态为空，现将元素 A,B,C,D,E,F,5,4,3,2,1 一次入队，然后再依次退队则元素退队的顺序为：　【1】　。

2．设某循环队列的容量为 50，如果头指针 front=45（指向队列头元素的前一位置），尾指针 rear=10（指向队尾元素），则该循环队列中共有　【2】　个元素。

3．设二叉数如下：

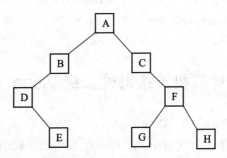

对该二叉数进行后序遍历的结果为　【3】　。

4．软件是　【4】　、数据和文档的结合。

5．有一个学生选课的关系，其中学生的关系模式为：学生（学号、姓名、班级、年龄），课程的关系模式为：课程（课号，课程名，学时），其中两个关系模式的键分别是学号和课号，则关系模式选课可定义为：选课（学号，　【5】　，成绩）。

6．为表建立主索引或候选索引可以保证数据的　【6】　完整性。

7．已有查询文件 queryone.qpr，要执行该查询文件可使用命令　【7】　。

8．在 Visual FoxPro 中，职工表 EMP 中包含有通用型字段，表中通用型字段的数据均存储到另一个文件中，该文件名为　【8】　。

9. 在 Visual FoxPro 中，建立数据库时，将年龄字段值限制在 18～45 岁之间的这种约束属于 【9】 完整性约束。

10. 设有学生和班级两个实体，每个学生只能属于一个班级，一个班级可以有多名学生，则学生和班级之间的联系类型是 【10】。

11. Visual FoxPro 数据库系统所使用的数据的逻辑结构是 【11】。

12. 在 SQL 语言中，用于对查询结果计数的函数是 【12】。

13. 在 SQL 的 SELECT 查询中，使用 【13】 关键词消除查询结果中的重复记录。

14. 为"学生"表的"年龄"字段增加有效性规则"年龄必须在 18～45 岁之间"的 SQL 语句是

ALTER TABLE 学生 ALTER 年龄 【14】 年龄<=45 AND 年龄>=18

15. 使用 SQL SELECT 语句进行分组查询时，有时要求分组满足某个条件时才查询，这时可以用 【15】 子句来限制分组。

2010 年 3 月笔试试卷参考答案

一、选择题

1. A　2. D　3. B　4. A　5. C　6. B　7. A　8. D　9. B　10. A　11. B
12. A　13. D　14. D　15. D　16. B　17. B　18. B　19. C　20. C　21. B　22. C
23. B　24. D　25. B　26. C　27. A　28. D　29. B　30. B　31. C　32. A　33. D
34. B　35. D

二、填空题

1. ABCDEF54321　2. 15　　3. EDBGHFCA　4. 程序　　5. 课号
6. 实体　　7. Do Queryone. qpr　8. emp.FPT　9. 域　　10. 多对一
11. 关系型　12. Count()　　13. Distinct　　14. Set Check　15. having

2010 年 9 月全国计算机等级考试二级 Visual FoxPro 笔试真题

一、选择题（每小题 2 分，共 70 分）

下列各题 A、B、C、D 四个选项中，只有一个选项是正确的。请将正确选项填涂在答题卡相应位置上，答在试卷上不得分。

1. 下列叙述中正确的是（　　）。

A．线性表的链式存储结构与顺序存储结构所需要的存储空间是相同的

B．线性表的链式存储结构所需要的存储空间一般要多于顺序存储结构

C．线性表的链式存储结构所需要的存储空间一般要少于顺序存储结构

D．上述三种说法都不对

2. 下列叙述中正确的是（　　）。

A．在栈中，栈中元素随栈底指针与栈顶指针的变化而动态变化

B．在栈中，栈顶指针不变，栈中元素随栈底指针的变化而动态变化

C. 在栈中，栈底指针不变，栈中元素随栈顶指针的变化而动态变化

D. 上述三种说法都不对

3. 软件测试的目的是（　　）。

A. 评估软件可靠性　　　　　　　　B. 发现并改正程序中的错误

C. 改正程序中的错误　　　　　　　D. 发现程序中的错误

4. 下面描述中，不属于软件危机表现的是（　　）。

A. 软件过程不规范　　　　　　　　B. 软件开发生产率低

C. 软件质量难以控制　　　　　　　D. 软件成本不断提高

5. 软件生命周期是指（　　）。

A. 软件产品从提出、实现、使用维护到停止使用退役的过程

B. 软件从需求分析、设计、实现到测试完成的过程

C. 软件的开发过程

D. 软件的运行维护过程

6. 面向对象方法中，继承是指（　　）。

A. 一组对象所具有的相似性质　　　B. 一个对象具有另一个对象的性质

C. 各对象之间的共同性质　　　　　D. 类之间共享属性和操作的机制

7. 层次型、网状型和关系型数据库划分原则是（　　）。

A. 记录长度　　　　　　　　　　　B. 文件的大小

C. 联系的复杂程度　　　　　　　　D. 数据之间的联系方式

8. 一个工作人员可以使用多台计算机，而一台计算机可被多个人使用，则实体工作人员与实体计算机之间的联系是（　　）。

A. 一对一　　　　B. 一对多　　　　C. 多对多　　　　D. 多对一

9. 数据库设计中反映用户对数据要求的模式是（　　）。

A. 内模式　　　　B. 概念模式　　　　C. 外模式　　　　D. 设计模式

10. 有三个关系 R、S 和 T 如下：

	R			S			T		
A	B	C		A	D		A	B	C	D
a	1	2		c	4		c	3	1	4
b	2	1								
c	3	1								

则由关系 R 和 S 得到关系 T 的操作是（　　）。

A. 自然连接　　　B. 交　　　　　C. 投影　　　　　D. 并

11. 在 Visual FoxPro 中，要想将日期型或日期时间型数据中的年份用 4 位数字显示，应当使用设置命令（　　）。

A. SET CENTURY ON　　　　　　　B. SET CENTURY TO 4

C. SET YEAR TO 4　　　　　　　　D. SET YAER TO yyyy

12. 设 A=[6*8-2]、B=6*8-2、C="6*8-2"，属于合法表达式的是（　　）。

A. A+B　　　　　B. B+C　　　　　C. A-C　　　　　D. C-B

13. 假设在数据库表的表设计器中，字符型字段"性别"已被选中，正确的有效性规则设置是（   ）。

    A．="男".OR."女"   B．性别="男".OR."女"

    C．$"男女"   D．性别$"男女"

14. 在当前打开的表中，显示"书名"以"计算机"打头的所有图书，正确的命令是（   ）。

    A．list for 书名="计算*"   B．list for 书名="计算机"

    C．list for 书名="计算%"   D．list where 书名="计算机"

15. 连续执行以下命令，最后一条命令的输出结果是（   ）。

```
SET EXACT OFF
a="北京"
b=(a="北京交通")
? b
```

    A．北京   B．北京交通   C．.F.   D．出错

16. 设 x="123"，y=123，k="y"，表达式 x+&k 的值是（   ）。

    A．123123   B．246   C．123y   D．数据类型不匹配

17. 运算结果不是 2010 的表达式是（   ）。

    A．int（2010.9）   B．round（2010.1,0）

    C．ceiling（2010.1）   D．floor（2010.9）

18. 在建立表间一对多的永久联系时，主表的索引类型必须是（   ）。

    A．主索引或候选索引

    B．主索引、候选索引或唯一索引

    C．主索引、候选索引、唯一索引或普通索引

    D．可以不建立索引

19. 在表设计器中设置的索引包含在（   ）。

    A．独立索引文件中   B．唯一索引文件中

    C．结构复合索引文件中   D．非结构复合索引文件中

20. 假设表"学生.dbf"已在某个工作区打开，且取别名为 student。选择"学生"表所在工作区为当前工作区的命令是（   ）。

    A．SELECT 0   B．USE 学生

    C．SELECT 学生   D．SELECT student

21. 删除视图 myview 的命令是（   ）。

    A．DELETE myview   B．DELETE VIEW myview

    C．DROP VIEW myview   D．REMOVE VIEW myview

22. 下面关于列表框和组合框的陈述中，正确的是（   ）。

    A．列表框可以设置成多重选择，而组合框不能

    B．组合框可以设置成多重选择，而列表框不能

    C．列表框和组合框都可以设置成多重选择

    D．列表框和组合框都不能设置成多重选择

23．在表单设计器环境中，为表单添加一选项按钮组：●男○女。默认情况下，第一个选项按钮"男"为选中状态，此时该选项按钮组的 Value 属性值为（　　　）。

  A．0   B．1   C．"男"   D．.T.

24．在 Visual FoxPro 中，属于命令按钮属性的是（　　　）。

  A．Parent   B．This   C．ThisForm   D．Click

25．在 Visual FoxPro 中，可视类库文件的扩展名是（　　　）。

  A．.dbf   B．.scx   C．.vcx   D．.dbc

26．为了在报表中打印当前时间，应该在适当区域插入一个（　　　）。

  A．标签控件   B．文本框   C．表达式   D．域控件

27．在菜单设计中，可以在定义菜单名称时为菜单项指定一个访问键。指定访问键为"x"的菜单项名称定义是（　　　）。

  A．综合查询（\>x）   B．综合查询（/>x）

  C．综合查询（\<x）   D．综合查询（/<x）

28．假设新建了一个程序文件 myProc.prg（不存在同名的.exe、.app 和.fxp 文件），然后在命令窗口输入命令 DO myProc，执行该程序并获得正常的结果。现在用命令 ERASE myProc.prg 删除该程序文件，然后再次执行命令 DO myProc，产生的结果是（　　　）。

  A．出错（找不到文件）

  B．与第一次执行的结果相同

  C．系统打开"运行"对话框，要求指定文件

  D．以上都不对

29．以下关于视图描述错误的是（　　　）。

  A．只有在数据库中可以建立视图   B．视图定义保存在视图文件中

  C．从用户查询的角度视图和表一样   D．视图物理上不包括数据

30．关闭释放表单的方法是（　　　）。

  A．shut   B．closeForm   C．release   D．close

31～35 题使用如下数据表：

学生.DBF：学号（C,8），姓名（C,6），性别（C,2）

选课.DBF：学号（C,8），课程号（C,3），成绩（N,3）

31．从"选课"表中检索成绩大于等于 60 并且小于 90 的记录信息，正确的 SQL 命令是（　　　）。

  A．SELECT * FROM 选课 WHERE 成绩 BETWEEN 60 AND 89

  B．SELECT * FROM 选课 WHERE 成绩 BETWEEN 60 TO 89

  C．SELECT * FROM 选课 WHERE 成绩 BETWEEN 60 AND 90

  D．SELECT * FROM 选课 WHERE 成绩 BETWEEN 60 TO 90

32．检索还未确定成绩的学生选课信息，正确的 SQL 命令是（　　　）。

  A．SELECT 学生.学号, 姓名, 选课.课程号 FROM 学生 JOIN 选课

    WHERE 学生.学号=选课.学号 AND 选课.成绩 IS NULL

  B．SELECT 学生.学号, 姓名, 选课.课程号 FROM 学生 JOIN 选课

    WHERE 学生.学号＝选课.学号 AND 选课.成绩=NULL

    C. SELECT 学生.学号, 姓名, 选课.课程号 FROM 学生 JOIN 选课

       ON 学生.学号＝选课.学号 WHERE 选课.成绩 IS NULL

    D. SELECT 学生.学号, 姓名, 选课.课程号 FROM 学生 JOIN 选课

       ON 学生.学号=选课.学号 WHERE 选课.成绩=NULL

  33. 假设所有的选课成绩都已确定。显示"101"号课程成绩中最高的 10%记录信息，正确的 SQL 命令是（　　　）。

    A. SELECT * TOP 10 FROM 选课 ORDER BY 成绩 WHERE 课程号＝"101"

    B. SELECT * PERCENT 10 FROM 选课 ORDER BY 成绩 DESC

       WHERE 课程号="101"

    C. SELECT * TOP 10 PERCENT FROM 选课 ORDER BY 成绩

       WHERE 课程号="101"

    D. SELECT * TOP 10 PERCENT FROM 选课 ORDER BY 成绩 DESC

       WHERE 课程号="101"

  34. 假设所有学生都已选课，所有的选课成绩都已确定。检索所有选课成绩都在 90 分以上（含）的学生信息，正确的 SQL 命令是（　　　）。

    A. SELECT * FROM 学生 WHERE 学号 IN（SELECT 学号 FROM 选课 WHERE 成绩>=90）

    B. SELECT * FROM 学生 WHERE 学号 NOT IN（SELECT 学号 FROM 选课 WHERE 成绩<90）

    C. SELECT * FROM 学生 WHERE 学号!=ANY（SELECT 学号 FROM 选课 WHERE 成绩<90）

    D. SELECT * FROM 学生 WHERE 学号=ANY（SELECT 学号 FROM 选课 WHERE 成绩>=90）

  35. 为"选课"表增加一个"等级"字段，其类型为 C、宽度为 2，正确的 SQL 命令是（　　　）。

    A. ALTER TABLE 选课 ADD FIELD 等级 C（2）

    B. ALTER TABLE 选课 ALTER FIELD 等级 C（2）

    C. ALTER TABLE 选课 ADD 等级 C（2）

    D. ALTER TABLE 选课 ALTER 等级 C（2）

二、填空题（每空 2 分，共 30 分）

请将每一个空的正确答案写在答题卡【1】～【15】序号的横线上，答在试卷上不得分。注意：以命令关键字填空的必须拼写完整。

  1. 一个栈的初始状态为空。首先将元素 5，4，3，2，1 依次入栈，然后退栈一次，再将元素 A，B，C，D 依次入栈，之后将所有元素全部退栈，则所有元素退栈（包括中间退栈的元素）的顺序为 【1】 。

  2. 在长度为 n 的线性表中，寻找最大项至少需要比较 【2】 次。

  3. 一棵二叉树有 10 个度为 1 的结点，7 个度为 2 的结点，则该二叉树共有 【3】 个结点。

  4. 仅由顺序、选择（分支）和重复（循环）结构构成的程序是 【4】 程序。

5. 数据库设计的四个阶段是：需求分析，概念设计，逻辑设计和 【5】 。

6. Visual Foxpro 索引文件不改变表中记录的 【6】 顺序。

7. 表达式 score<=100 AND score>=0 的数据类型是 【7】 。

8. A=10

　B=20

　?IF（A>B,"A 大于 B","A 不大于 B"）

执行上述程序段，显示的结果是 【8】

9. 参照完整性规则包括更新规则、删除规则和 【9】 规则。

10. 如果文本框中只能输入数字和正负号，需要设置文本框的 【10】 属性。

11. 在 SQL SELECT 语句中使用 Group By 进行分组查询时，如果要求分组满足指定条件，则需要使用 【11】 子句来限定分组。

12. 预览报表 myreport 的命令是 REPORT FORM myreport 【12】 。

13. 将"学生"表中学号左 4 位为"2010"的记录存储到新表 new 中的命令是 SELECT * FROM 学生 WHEREE 【13】 ="2010" 【14】 DBF new

14. 将"学生"表中的学号字段的宽度由原来的 10 改为 12（字符型），应使用的命令是：ALTER TABLE 学生 【15】 。

2010 年 9 月笔试试卷参考答案

一、选择题

　1. A　　2. C　　3. D　　4. C　　5. A　　6. B　　7. D　　8. C　　9. C　　10. A　　11. A
12. C　　13. D　　14. B　　15. C　　16. D　　17. C　　18. A　　19. C　　20. D　　21. C　　22. A
23. B　　24. D　　25. C　　26. D　　27. C　　28. A　　29. B　　30. C　　31. A　　32. C　　33. D
34. B　　35. C

二、填空题

　1. DCBA2345　　2. N　　　　　3. 25　　　　　　4. 结构化　　　5. 物理设计
　6. 存储结构　　7. 逻辑型　　8. A 不大于 B　9. 插入　　　　10. INPUTMASK
11. HAVING　　12. PREVIEW　13. LEFT（学号,4）　　　　14. INTO
15. ALTER 学号 C（12）

全国计算机等级考试二级 Visual FoxPro 上机考试模拟题（一）

一、基本操作题（共 4 题，第 1、2 题各 7 分，第 3、4 题各 8 分，共计 30 分）

（1）建立项目"商场"；并把"产品管理"数据库加入到该项目中。

（2）为"产品"表增加字段：销售价 N（6,2），该字段允许出现"空"值，默认值为.NULL.。

（3）为"销售价"字段设置有效性规则：销售价 >= 0；出错提示信息是：销售价必须大于等于 0。

（4）使用报表向导为"产品"表创建报表：报表中包括"产品"表中全部字段，报表样式用"带区式"，报表中数据按"商品号"降序排列，报表文件名 cp_report.frx。其余按默认设置。

二、简单应用题（共 2 小题，每题各 20 分，共计 40 分）

（1）使用 SQL 命令查询 2007 年（不含）以前进货的商品，列出其"分类名"、"商品名"和"进货日期"，查询结果按"进货日期"升序排序并存入文本文件 buy.txt 中，所用命令存入文本文件 buy_sql.txt 中。

（2）用 SQL UPDATE 命令为所有"商品号"首字符是"2"（要求使用 SUBSTR()函数）的商品计算销售价：销售价为在进货价基础上加 25.86%，并把所用命令存入文本文件 sell.txt 中。

三、综合应用题（共 1 小题，计 30 分）

建立表单，表单文件名和表单名均为 myform，表单标题为"商品浏览"。

如下图所示。

功能要求如下：

① 表单中包含选项按钮组（OptionGroup1）控件选择商品分类（饮料（Option1）、调料（Option2）、小家电（Option3）、橱卫用品（Option4）、食品（Option5）、烟酒类（Option6））。

② 单击"确定"（Command2）命令按钮，显示选中分类的商品，要求使用 DO CASE 语句判断选择的商品分类。

③ 在浏览商品的界面中按 Esc 键返回界面。

④ 单击"退出"（Command1）命令按钮，关闭并释放表单。

注：选项按钮组控件的 Value 属性必须为数值型。

全国计算机等级考试二级 Visual FoxPro 上机考试模拟题（二）

一、基本操作题（共 4 题，第 1、2 题各 7 分，第 3、4 题各 8 分，共计 30 分）

（1）打开"学生管理"数据库，将"课程"表从数据库中移出，并永久删除。

（2）为"成绩"表的"成绩"字段定义默认值为 0。

（3）为"成绩"的考试成绩字段定义约束规则：成绩>=0 and 成绩<=100，违背规则的提示信息是"考试成绩输入有误"。

（4）为"成绩"表添加字段"班级"，字段数据类型为 C（8）。

二、简单应用题（共 2 小题，每题各 20 分，共计 40 分）

（1）打开考生文件夹中的数据库"学生管理"，使用表单向导制作一个表单，要求选择"学生"表中所有字段，表单样式为"凹陷式"；按钮类型为定制的"滚动网格"型；表单标题为"学生基本信息浏览";表单文件名为 stuform。

（2）在考生文件夹中有一个数据库"学生管理"，其中有数据库表"学生"存放学生信息，使用菜单设计器制作一个名为 stumenu 的菜单，菜单包括"数据维护"和"退出"两个菜单栏。菜单结构为：数据维护（数据表格方式录入）、退出。其中：

① 数据表格式输入菜单项对应的过程包括下列 4 条命令：打开数据库"学生管理"的命令、打开"学生"表的命令、BROWSE 命令、关闭数据库的命令。

② 退出菜单项对应命令 Set Sysmenu To Default，使之可以返回到系统菜单。

三、综合应用题（共 1 小题，计 30 分）

考生文件夹下有学生管理数据库"学生管理"，数据库中有 sco 表。表的前五个字段已有数据。

请编写并运行符合下列要求的程序。

设计一个名为 sco_form 的表单，表单中有两个命令按钮，按钮的名称分别为 cmdyes 和 cmdno，标题分别为"计算"和"退出"。

程序运行时，单击"计算"按钮应完成下列操作。

① 计算每一个学生的成绩总分。总分的计算方法是：考试成绩+加分，加分的规则是：如果该生是少数民族（相应数据字段为.T.）加分 10 分，优秀干部加分 20 分，三好生加分 30 分，加分不累计，取最高的。例如，如果该生既是少数民族又是三好生，加分为 30 分。如果都不是，总分=考试成绩。

② 根据上面的计算结果，生成一个新的自由表 zf，该表只包括"学号"和"总分"两项，并按"总分"的降序排序，如果"总分"相等，则按"学号"的升序排序。

单击"退出"按钮，程序终止运行。

参 考 文 献

[1] 周永恒. Visual FoxPro 基础教程实验指导[M]. 3 版. 北京：高等教育出版社，2006.

[2] 王世伟. Visual FoxPro 程序设计上机指导与习题集[M]. 2 版. 北京：中国铁道出版社，2009.

[3] 沈春宝. Visual FoxPro 6.0 习题与上机指导[M]. 北京：中国铁道出版社，2004.

[4] 伍俊良. Visual FoxPro 课程设计与系统开发案例[M]. 北京：清华大学出版社，2003.

[5] 陆岚. Visual FoxPro 案例开发集锦[M]. 2 版. 北京：电子工业出版社，2008.

[6] 王晓华. 二级 Visual FoxPro-名师讲堂[M]. 北京：人民邮电出版社，2007.

[7] 求是科技. Visual FoxPro 信息管理系统开发实例导航[M]. 北京：人民邮电出版社，2005.

[8] 全国计算机等级考试命题研究中心. 全国计算机等级考试优化全解. 二级 Visual FoxPro [M]. 北京：电子工业出版社，2008.

[9] 教育部考试中心. 全国计算机等级考试二级教程-Visual FoxPro 程序设计[M]. 北京：高等教育出版社，2001.